이 말씀 내 마음에 와 닿는구나

국립중앙도서관 출판예정도서목록(CIP)

이 말씀 내 마음에 와 닿는구나 : 송홍만 제22시집 / 지은이: 송
홍만. -- 서울 : 한누리미디어, 2018
    p. ;   cm

ISBN 978-89-7969-783-4 03810 : ₩12000

한국 현대시[韓國現代詩]

811.7-KDC6
895.715-DDC23   CIP2018030857

송홍만 제22시집
이 말씀 내 마음에 와 닿는구나

송홍만 제22시집

이 말씀 내 마음에 와 닿는구나

한누리미디어

빈말로라도 갚지 못한 사랑의 빚 겨자씨만큼이라도 갚으려는 마음에 성경말씀 중에서 내 마음에 와 닿는 말씀을 성경 순서에 따라 간단하고 알기 쉽게 정리한 시 149편을 제 22시집에 올렸습니다.

성경을 읽음에 보탬이 되어 하나님께서도 어여삐 여겨 주시길 소원하면서 그렇게만 된다면 평생에 갚지 못한 사랑의 빚을 인자하신 하나님 아버지께서 하늘나라 큰상으로 갚아주실 것을 간구하오며 더욱 열심히 말씀을 알기 쉽게 전하겠나이다.
생존하여 계신 분에게는 조금씩 갚고 있습니다.

할머님 손에 암죽 먹고 자라서 아장아장 걷다가 넘어져 땅에 기어다니는 개미를 손가락질하니 '개미도 한세상 살려고 나왔으니 죽이면 하느님께 벌 받는다' 라는 첫 가르침을 비롯하여 평생 잊지 못할 귀한 말씀으로 길러주신 사랑,

대여섯 살 되어 어머님은 빌려온 이야기책으로 언문을 한 자 한 자 가르쳐 주셨고, 취직시험에 두 번 낙방하자 '얘야 한두 번이 무어냐, 삼세 번이 있단다' 시며 격려하여 주신 사랑,

남양향교 전교이신 아버님은 이른 새벽 논밭을 둘러보시고 오셔서는 노를 꼬시며 단잠을 깨워 천자문을 가르쳐 주시고, 틈만 있으면 성현의 말씀을 일러주시며 몇 번이고 반복하여 가르쳐 주신 사랑,

낯선 땅 청주연초제조창에 하루벌이로 들어가 푼푼이 모아 야간 대학을 다니던 때 저녁밥 챙겨 주시며 누룽지 싸 주시던 얼굴에 점 있는 키 크신 식당 아주머니의 눈물겹게 고마운 사랑,

청주 안터벌 참나무배기에 사시는 여걸 장모님, 초라한 대학생 두 팔 벌려 맞아 주시며, 결혼하여 양은솥과 주발 대접 수저 두 벌 신접살림에, 주섬주섬 알찬 살림 더 사주심을 이어, 우리 힘으로 재미있게 하나하나 장만하여 이만큼 늘어나게 하여 주신 사랑,

이제서야 집사람이 일러주어 알게 된 장인 어른의 묵직한 사랑,

또 꿈에라도 잊지 않으려던 사랑을 기억 못하나 하나님께서는 아시는 그 사랑들까지도 하나님께 맡기겠나이다.

바쁜 사업에도 한결같이 제 1시집에서부터 제 22시집까지 문학 평론가들과 저명하신 시인들의 평까지 요약하여 아름답게 편찬하여 주신 한누리미디어 김재엽 사장님의 사랑을 잊을 수 없도다.
사장님과 직원 여러분께 감사합니다.

2018. 9.

수원제일감리교회 평신도 송 홍 만 올림

차례

Contents

차례

3부

Contents

4부

차례

5부

Contents

6부

차례

7부

Contents

차례

9부

이 말씀
내 마음에
와 닿는구나

아담과 하와는 그리스도와 교회의 모형

"하나님이 자기 형상 곧 하나님의 형상대로 사람을 창조하시되
남자와 여자를 창조하시고 하나님이 그들에게 복을 주시며
하나님이 그들에게 이르시되 생육하고 번성하여 땅에 충만하라
땅을 정복하라 바다의 물고기와 하늘의 새와 땅에 움직이는
모든 생물을 다스리라 하시니라"(창1: 27 28)

하와는 아담을 통해 지음을 받고 축복을 받았다
하와가 아직 존재하지 않았지만 하나님의 목적 속에서
그녀가 남자의 일부로 보여진 상태였다
내 형질이 이루기 전에 주의 눈이 보셨으며
나를 위하여 정한 날이 하루도 되기 전에
주의 책에 다 기록이 되었나이다(시139: 16)

교회는 교회의 머리요 주이신 그리스도를 통해
이미 영원 전부터 보여지고 있었다
곧 창세 전에 그리스도 안에서 우리를 택하사
사랑 안에서 그 앞에 거룩하고 흠이 없게 하시려고(엡1: 4)
아직 생명이 시작되기 이전에 하나님의 영원하신 뜻 속에서
그의 아들의 형상을 본받도록 예정되어 있었던 것이다

아담과 하와도 그리스도와 교회도 하나님에게서 났도다(고전11: 12)

하나님의 인류구원계획

"내가 너로 여자와 원수가 되게 하고
네 후손도 여자의 후손과 원수가 되게 하리니
여자의 후손은 네 머리를 상하게 할 것이요
너는 그의 발꿈치를 상하게 할 것이니라" (창3: 15)

사탄의 유혹으로 죄 없는 사람이 타락하여
하나님과 교류가 끊겨 저주와 고통 속에 처하게 되었지만
사랑의 하나님은 놀라우신 인류구원계획을 하셨도다

하나님은 뱀과 여자와 원수가 되게 하서
뱀의 후손은 여자의 후손(메시야)의 발꿈치에 상처 정도 낼 것이나
여자의 후손은 뱀의 머리를 상하게 하여 생명의 위험을 줄 것이다

하나님은 그리스도를 세상에 보내시어 사탄의 정수리를 박살하고
우리가 혹 사탄의 유혹에 넘어갔다 하더라도 바로 죄를 회개하고
예수 그리스도를 구세주로 믿으면 하나님의 나라 백성이 되도다

하나님의 선하신 뜻

"해산할 때에 보니 쌍태라 해산할 때에 손이 나오는지라
산파가 이르되
이는 먼저 나온 자라 하고 홍색 실을 가져다가 그 손에 매었더니
그 손을 도로 들이며 그의 아우가 나오는지라
산파가 이르되
네가 어찌하여 터뜨리고 나오느냐 하였으므로
그 이름을 베레스라 불렀고
그의 형 곧 손에 홍색 실 있는 자가 뒤에 나오니
그의 이름을 세라라 불렀더라" (창38: 27-30)

시아버지 유다와 며느리 다말이 맺은 불륜관계를 통하여
두 아들이 태어났으니
유다도 하나님이 이 아들에게 복을 주시리라고는
생각지 못했을 것이다

그런데 베레스를 통하여 다윗을 비롯한
열왕(列王)들이 태어났으며 그리스도께서 태어나셨다

결국 유다가 그리스도의 조상이 된 것은
그의 장점이나 선행에 의한 것이 아니라
하나님의 선하신 뜻에 의한 것이로다

이 달을 해의 첫 달이 되게 하라

"여호와께서
애굽 땅에서 모세와 아론에게 일러 말씀하시되
이 달을 너희에게 달의 시작 곧 해의 첫 달이 되게 하고" (출12: 1-2)

이스라엘이 이제는 애굽의 종살이에서 풀려나
하나님과 동행하는 새로운 시대를 시작하게 되었으니
지나간 힘들고 부끄러웠던 일들은 없었던 것으로 하고
하나님께서 구속하여 주심으로 참된 삶의 첫걸음으로 알라

우리가 그리스도 안에서 그리스도를 중심으로
그리스도와 함께 그리고 그리스도를 위하여 살려고 할 때
비로소 우리의 새로운 삶이 시작되는 것이로다

우리도 지나간 날의 잘못을 부끄러운 줄 모르고 즐기던 삶에서
주님을 믿고 주님의 은혜로 주 안에서 살려고 시작하였사오니
하나님의 은혜를 잊지 아니 하려고 돌아보는 일 이외에는
지나간 부끄러운 일들을 돌아보지 않게 하여 주소서

구원은 하나님의 사역이다

"여호와께서 모세에게 이르시되 네 손을 바다 위로 내밀어
물이 애굽 사람들과 그들의 병거들과 마병들 위에 다시 흐르게 하라
하시니 모세가 곧 손을 바다 위로 내밀매
새벽이 되어 바다의 힘이 회복된지라
애굽 사람들이 물을 거슬러 도망하나
여호와께서 애굽사람들을 바다 가운데 엎으시니 물이 다시 흘러
병거들과 기병들을 덮되 그들의 뒤를 따라 바다에 들어간
바로의 군대를 다 덮으니 하나도 남지 아니 하였더라
그러나 이스라엘 자손은 바다 가운데를 육지로 행하였고
물이 좌우에 벽이 되었더라" (출14: 26-29)

애굽의 종살이에서 이스라엘 백성이 풀려 나온 일은
하나님의 구원하심을 가장 잘 보여주는 큰 사건 중 하나이다
애굽 군대의 몰살 때문이 아니라
하나님의 완전한 승리이기 때문이로다

이 승리로 하나님이 이 세상을 주관하시는 분이심을 드러내시고
하나님 이외에는 누구도 구원자가 될 수 없음을 알 수 있으며
이 구원은 계속 진행되고 있으며 장차 완성될 구원의 예표이니
예수 그리스도께서 우리를 죄에서 구원하여 주실 십자가 사건이로다
구원은 하나님의 사역(使役)이로다

내가 거룩하니 너희도 거룩하라

"나는 여호와 너희의 하나님이라
내가 거룩하니 너희도 몸을 구별하여 거룩하게 하고
땅에 기는 길짐승으로 말미암아 스스로 더럽히지 말라
나는 너희의 하나님이 되려고 너희를 애굽 땅에서
인도하여 낸 여호와라
내가 거룩하니 너희도 거룩할지어다" (레11: 44-45)

하나님의 백성이 인격적으로 거룩해진다는 사실
그들이 모든 부정한 것으로부터 온전히 분리된다는 사실
이는 그들이 하나님과 맺고 있는 관계에서 나오는 것이로다

세상 사람들이 하고 있는 행동보다는
하나님의 성품을 생각하고 성령님의 능력에 의하여
그리스도 안에서 행동함이 거룩한 모습이로다

우리가 거룩의 상태에 이르는 것은
하나님께 가까이 나오게 된 사실로 비롯했지만
성령님의 계속된 인도의 은혜로다

하나님이 주실 상과 벌 그리고 회복

"너희가 내 규례와 계명을 준행하면" (레26: 3)

여호와 하나님은 이스라엘 자손들에게 이렇게 말씀하시면서
주실 상과 받을 벌과 회복을 말씀하셨다

내 규례와 계명을 준행하면 받을 상
비를 적절히 내리사 풍년을 주신다
전쟁 없이 평화를 누리게 한다
이스라엘 가운데 성막을 세워 항상 함께 하신다

이 모든 명령을 준행하지 아니 하여 받을 벌
놀라운 재앙과 대적에게 패배
가뭄과 흉년
들짐승의 습격
전쟁과 굶주림
가나안 땅의 황폐와 그 땅에서의 추방

회복에 대한 약속
자신의 죄를 회개하고 겸손한 마음을 가지면
옛 조상과의 언약대로 다시 축복해 주신다

이스라엘의 회복에 대한 말씀

"그런즉 그들이 그들의 원수들의 땅에 있을 때에
내가 그들을 내버리지 아니 하며 미워하지 아니 하며
아주 멸하지 아니 하고
그들과 맺은 언약을 폐하지 아니 하리니
나는 여호와 그들의 하나님이 됨이니라

내가 그들의 하나님이 되기 위하여
민족들이 보는 앞에서 애굽 땅으로부터
그들을 인도하여 낸 그들의 조상과의 언약을
그들을 위하여 기억하리라
나는 여호와이니라" (레26: 44-45)

하나님은 자기 백성들을 결코 완전히 버리지 아니 하시니
하나님께서 징벌하시는 것은 택한 백성이기 때문이다
그들이 자신의 죄를 회개하고 겸손한 마음을 가지면
지금까지의 모든 징벌은 사랑의 채찍으로 삼고
옛 족장들과의 언약대로 다시 축복하여 주신다 하시도다

우매한 우리를 성령께서 도우시어
이 진리의 말씀을 깊이 깨달아
잘못 알고 있는 것을 옳게 분별하게 하여 주소서

하나님 중심으로 살아야 한다

"이스라엘 자손은 각각 자기의 진영의 군기와
자기의 조상의 가문의 기호 곁에 진을 치되
회막을 향하여 사방으로 치라"(민2: 2)

하나님께서 정하신 순서대로 긱 지파의 위치가 징해지고
회막은 진을 치고 있을 때나 진행할 때
항상 이스라엘 진의 중앙에 있도록 하였다

이것은 하나님께서 언제나 이스라엘 가운데 임재하심을 뜻하니
하나님께서는 자신의 임재와 거룩함을 보여주시고
이스라엘에게 자신을 경외하도록 가르치신다

경외(敬畏)하는 것은 하나님을 존경하고 두려워하는 것이니
다윗은 여호와를 경외하는 자는 부족함이 없다(시34: 9) 하였으니
하나님의 말씀을 거역하고 있지 아니 한가 두려워하는 것이다

회막은 전에는 진영 밖에 있었으나(출33: 7)
이제는 회중의 중앙에 있으므로
하나님을 믿는 자는 이제부터 하나님 중심으로 살아야 하도다

길을 안내한 구름

"성막을 세운 날에 구름이 성막 곧 증거의 성막을 덮었고
저녁이 되면 성막 위에 불 모양 같은 것이 나타나서
아침까지 이르렀으되" (민9: 15)

시내 광야에서 약속의 땅인 가나안까지 진군해 가는 동안
하나님은 구름으로 자신의 임재하심을 보이시면서
이스라엘 백성을 인도해 가셨다

백성들은 하나님께서 함께 계심을 믿고
하나님의 인도와 보호하여 주심을 믿고
하나님의 말씀을 순종하며 따라만 가면 된다

오늘 우리는 어둡고 길 없는 광야를 살아가며
세상의 빛이신 예수 그리스도를 따라가면
어둡게 다니지 아니 하고 생명의 빛 가운데로 가리로다

정결하게 하는 물

"사람이 부정하고도 자신을 정결하게 하지 아니 하면
여호와의 성소를 더럽힘이니
그러므로 회중 가운데서 끊어질 것이니라
그는 정결하게 하는 물로 뿌림을 받지 아니 하였은 즉
부정(不淨)하니라" (민19: 20)

지금까지 하나님을 원망하고 반역하던 많은 사람들이
하나님의 심판에 의해 죽었다
이 죽음은 온 회중을 부정하게 만드는 심각한 사건이다
그래서 하나님은 이 부정에서 깨끗하게 하는 방법을 주셨다

정결하게 하는 물을 만들어 그 물로 뿌림을 받는 것이다
한 번도 농사일에 쓰여진 일이 없는 붉은 송아지를 태워
남은 재로 물을 만들었다
이런 정결의식을 통하여 이스라엘 공동체는 거룩해 나아갈 수 있었다

이제는 영원하신 성령으로 말미암아
흠 없는 자기를 하나님께 드린 그리스도의 피가
어찌 너희 양심을 죽은 행실에서 깨끗하게 하고
살아계신 하나님을 섬기게 하지 못하겠느냐 (히9: 13-14)

선택 받은 민족은 누구도 저주할 수 없다

"하나님이 발람에게 이르시되
너는 그들과 함께 가지도 말고 그 백성을 저주하지도 말라
그들은 복을 받을 자들이니라" (민22: 12)

이스라엘 백성이 모압평지에 이르자
모압의 왕 발락은 이스라엘을 꺾기 위하여 눈이 멀었고
점쟁이 발람은 이스라엘을 저주하여 받을 재물에 눈이 멀었다

그래서 발람은 여호와의 사자가 서 있는 것을 볼 수 없고
더구나 그는 나귀의 행동에서 아무런 의미도 찾을 수 없어
하나님은 발람이 자기의 눈이 멀었음을 알게 하기 위하여
말 못하는 나귀의 입을 여셨다

발람의 저주는 실제로 이스라엘에게 해를 끼칠 수 있었고
발람의 마음도 발락의 요청을 들어주어 재물을 받으려 했다
그러나 발람의 마음은 하나님의 성령의 능력 앞에 압도되었다

선택 받은 이스라엘 민족을 그 누구도 저주할 수 없으니
주를 믿는 하나님의 백성은
험악한 이 세상 어느 나라도 저주할 수 없도다

네 마음을 지키라

"오직 너는 스스로 삼가며 네 마음을 힘써 지키라
그리하여 네가 눈으로 본 그 일을 잊어버리지 말라
네가 생존하는 날 동안에 그 일들이
네 마음에서 떠나지 않도록 조심하라
너는 그 일들을 네 아들과 네 손자들에게 알게 하라" (신4: 9)

모세가 이스라엘에게 너희가 보아온 하나님의 놀라운 일들과
호렙산에서 겪은 일들을 기억하여 마음에서 떠나지 않도록 하고
그 일을 자손들에게 틈나는 대로 일러주어 알게 하라 당부하신다

말씀을 상고하고 말씀을 따라 살면
말씀 속에 기뻐하며 되찾는다 한다

오늘 우리도 스스로 삼가며 마음을 힘써 지켜
하나님께서 선지자를 통하여 하신 말씀과
예수 그리스도를 대신 보내서 하신 말씀을
성령님의 도움으로 깨달아 조심스럽게 살아가며
아들 딸 손자 손녀에게 전하는 기쁨 살어리 났도다

여호와를 사랑하는 삶

"이스라엘아 들으라
우리 하나님 여호와는 오직 유일한 여호와이시니
너는 마음을 다하고 뜻을 다하고 힘을 다하여
네 하나님 여호와를 사랑하라"(신6: 4-5)

여호와를 사랑하는 삶은
여호와의 계명을 마음에 새기어 자녀에게 부지런히 가르치며
어디서나 어느 때나 하나님의 말씀을 강론하는 것(신6: 6-9)
여호와의 명령을 지켜 그의 길을 따라가며 그를 경외하는 것(신8: 6)
하나님이 주신 책무와 법도와 규례와 명령을 항상 지키는 것(신11: 1)
모든 명령을 잘 지켜 행하며 여호와를 의지하는 것(신11: 22)
하나님의 백성으로 하나님의 사랑에 응답하며
하나님을 사랑하고 이웃을 사랑하는 것(마22: 37-40)
굳은 마음으로 주께 붙어 있는 것(행11: 23)
악을 미워하고 선에 속하며 형제를 사랑하고 부지런하며
열심을 품고 주를 섬기고 소망 중에 즐거워하며 환난 중에 참으며
기도에 항상 힘쓰며 성도들이 쓸 것을 공급하며
손 대접하기를 힘쓰는 것이다(롬12: 9-13)

말씀을 마음에 새기고 자녀를 가르치라

"오늘 내가 네게 명하는 이 말씀을 너는 마음에 새기고
네 자녀에게 부지런히 가르치며
집에 앉았을 때에든지 길을 갈 때에든지 누워 있을 때에든지
일어날 때에든지 이 말씀을 강론할 것이며"(신6: 6-7)

나는 마음을 다하고 뜻을 다하고 힘을 다하여
하나님을 사랑하고 있는가
말씀을 틈을 내어 처음부터 끝까지 끊임이 없이 자세히 생각하며
읽고 있는가
깨달은 바를 기쁘고 즐겁게 행하고 있는가
나의 마음에 하나님의 말씀을 새기어 늘 기억하고 있는가

자녀들을 틈만 있으면 가르치고 있는가
자녀들은 이러한 가르침을 받는가
자녀의 마음에 하나님의 말씀을 제시하여 주는가
자녀가 나의 일상생활에 하나님의 말씀이 비침을 보고 있는가
나의 일상생활 가정생활 사업관계 중에 하나님의 말씀의 영향력을
자녀들이 똑똑히 보고 있는가

아하! 가슴 아프도다
아직도 너무 많이 부족하도다

곤란한 자에게 손을 펼지니라

"땅에는 언제든지 가난한 자가 그치지 아니 하겠으므로
내가 네게 명령하여 이르노니
너는 반드시 네 땅 안에 네 형제 중 곤란한 자와
궁핍한 자에게 네 손을 펼지니라" (신15: 11)

우리는 하나님의 사랑의 전달자가 되기 전에
먼저 가장 깊은 근원으로부터 새로워져야 한다
은혜로 말미암아 새로워졌다 하더라도
이기적인 가증한 모습은 언제나 경계를 하여야 한다

우리가 살고 있는 세상이 황폐하여졌다 하여도
축복을 나누어 주는 통로가 되려면
하나님의 말씀이 솟아나는 샘물 곁에서
사랑의 손을 곤란하거나 궁핍한 자에게 피라고 하시도다

귀한 말씀 따라가게 지혜와 능력을 주옵소서
성령님의 인도를 따르는 용기를 주시옵소서

2

하나님의 뜻에 우선을 두어 행동하자

"그 여인이 그 두 사람을 이미 숨긴지라 이르되
과연 그 사람들이 내게 왔었으나 그들이 어디에서 왔는지
나는 알지 못하였고 그 사람들이 어두워 성문을 닫을 때쯤 되어
나갔으니 어디로 갔는지 내가 알지 못하나 급히 따라가라
그리하면 그들을 따라잡으리라"(수2: 4-5)

여호수아가 여리고 성을 정탐하라고 두 사람을 보내니
그들이 라합의 집에 들어가서 라합이 숨기고 나니
여리고 왕이 사람을 보내어 네 집에 들어간 사람들을 끌어내라고 하자
라합이 거짓말을 하고 있다

라합이 두 정탐꾼을 알면서 숨겨두고 거짓말을 한 일은
네 이웃에 대하여 거짓 증거하지 말라는 율법을 위반하였고
더구나 왕의 명령을 거역한 일이다

그러나 믿음으로 기생 라합은 정탐꾼을 평안히 영접하였으므로
순종하지 아니 한 자와 함께 멸망하지 아니 하였고(히11: 31)
기생 라합이 사자들을 접대하여 다른 길로 나가도록 할 때에
행함으로 의롭다 하심을 받은 것이다(약2: 25)

라합은 소문을 통하여 하나님이 행하신 일을 듣고
자신을 하나님께 맡긴 믿음의 행동을 취한 것이로다

라합의 믿음의 결단과 구원

"여호와께서 이 땅을 너희에게 주신 줄을 내가 아노라
우리가 너희를 심히 두려워하고 이 땅 주민들이 다 너희 앞에
간담이 녹나니"(수2: 9)

여호와의 명령을 받아 여호수아가 가나안 땅을 정복하기 위하여
여리고 성에 보낸 두 정탐꾼을 라합이 재빨리 알아보고 숨긴 뒤
여리고 성의 왕이 보낸 사람들을 슬기롭게 되돌려 보내고 나서
잠들기 전에 정탐꾼들에게 올라가 라합이 한 말이다

이어서 너희가 애굽에서 나올 때 여호와께서 너희 앞에서 홍해
물을 마르게 하시고, 요단 저쪽에서 아모리 사람 두 왕을 전멸
시킨 일을 듣고 마음이 녹았고 정신을 잃었다며
너희 하나님은 하늘에서도 땅에서도 하나님이시라 고백을 한다

여호수아가 라합과 그의 아버지의 가족과 그에게 속한 모든 것을
살렸으므로 이스라엘 중에 거주하였으니
이는 여호수아가 여리고를 정탐하려고
보낸 사자들을 숨겨 주었음이다(수6: 25)

히브리서를 기록한 사람도 라합을 믿음의 선진이라 하였다(히11: 31)
라합의 믿음의 결단과 고백은 삶의 가장 값진 구원을 받았도다

가나안 땅에 세워진 두 개의 기념비

"그 위에 돌무더기를 크게 쌓았더니 오늘까지 있더라
여호와께서 그 맹렬한 진노를 그치시니
그러므로 그곳 이름을 아골 골짜기라 부르더라" (수7: 26)

여호수아가 요단강을 건너 가나안 땅에 들어와
두 개의 기념비를 세웠으니
하나는 길갈(굴러가다)에 세운 승리를 기념하는 돌비요
다른 하나는 아간의 죄악으로 아골(괴로움)에 쌓인 돌무더기이다

이스라엘 백성들이 요단강에서 12개의 돌을 한 개씩 지고
머나먼 길갈에 이르러 여호수아가 첫째 달 10일에 진을 치고
12개의 돌비를 세웠으니
이는 마른 땅을 밟고 요단강을 건넜음이라(수4: 19-21)

다른 하나는 여호수아가 아이성에 보낸 백성들이 36명이 죽자
패배하고 쫓겨와 여호수아가 하나님께 통회하며 간청하니
여호와께서 여호수아에게
이스라엘이 그들에게 명령한 나의 언약을 어겼음을 일러 주시어
여호수아가 아간을 찾아내어 아간과 그의 가족들과 훔친 물건들 위에
저주의 돌을 던져 생긴 돌무더기이다

태양아 너는 기브온 위에 머무르라

"여호와께서 아모리 사람을 이스라엘 자손에게 넘겨주시던 날에
여호수아가 여호와께 아뢰어 이스라엘의 목전에서 이르되
태양아 너는 기브온 위에 머무르라
달아 너도 아얄론 골짜기에서 그리 할지어다 하매
태양이 머물고 달이 멈추기를
백성이 그 대적에게 원수를 갚기까지 하였느니라" (수10: 12)

NASA(미국항공우주국)의 연구팀이 인공위성 궤도 작성을 할 때
10만 년 전으로 거슬러 올라가서 태양과 달의 궤도 진행을 살피던 중
꼭 하루가 없어 그 원인을 찾을 수가 없었는데
그 팀의 한 연구원이 여호수아 10장 13절과 열왕기하 20장 5절에서
11절 말씀에서 그 원인을 찾았다

여호수아가 아모리 사람과 싸울 때 하나님께서 태양이 거의 종일
머물러 있었던 시간은 정확히 23시간 20분이었고
히스기야 왕이 병이 들자 이사야가 여호와의 말씀에 네가 죽을 것이라
전하자 히스기야가 더 살기를 간구하자 네 날에 15년을 더 살게 하셨다
고 전하니 히스기야가 징표를 구하여 이사야가 여호와께 간구하여
해 그림자를 10도 뒤로 물러간 40분을 합하면 하루가 된다

과학은 사실을 찾아내어 아는 것이고
하나님의 말씀은 진실이로다 진실이로다 참으로 진실이로다

하나님의 명령대로 행한 지도자

"태양이 머물고 달이 멈추기를
백성이 그 대적에게 원수를 갚기까지 행하였느니라" (수10: 13)

눈의 아들 여호수아는 젊었을 때부터 하나님 앞에 충성을 다 해 왔고
하나님의 전쟁인 가나안 전투를 승리로 이끄는 데 이바지했으며
가나안 땅을 이스라엘 자손에게 분배하였으니
여호수아는 하나님의 명령대로 행한 지도자로다

그는 흠이 없고
강하고 담대하게 하나님의 일을 감당하였으며
충실히 모세의 율법을 지켜 행한 사람이로다

이렇게 신실한 여호수아에게 하나님은 신실함을 나타내셨고
그의 앞에 항상 하나님이 행하셨으며
심지어 그의 말을 듣고서 여호와께서 그대로 응답하여
태양이 머물고 달이 멈추었다

이스라엘 백성들은 여호수아가 사는 날 동안 여호와를 섬겼고
여호수아가 죽은 후에는
여호수아 생전에 여호와께서 이스라엘을 위하여 행하신
모든 일을 아는 자들이 사는 날 동안 여호와를 섬겼도다

선한 말씀이 임한 것같이 멸절도 임할 것이라

"너희 하나님 여호와께서
너희에게 말씀하신 모든 선한 말씀이 너희에게 임한 것같이
여호와께서 모든 불길한 말씀도 너희에게 임하게 하사
너희 하나님 여호와께서 너희에게 주신 이 아름다운 땅에서
너희를 멸절하기까지 하실 것이라" (수23: 15)

여호와께서 주위에 모든 원수들로부터 이스라엘을 쉬게 하신 지
오랜 후에 여호수아가 나이 많아 늙은지라
온 이스라엘을 불러 마지막 당부를 하신 말씀이다

하나님이 이스라엘 백성을 애굽에서 구원하고
모세를 통하여 율법을 주셨고 가나안 땅에 들어왔으니
주실 율법을 지킬 것을 강력하게 강조하고 있도다

이 하나님의 율법을 지키지 아니 하면
하나님께서 주신 모든 선한 일 고려하지 아니 하시고
너희를 이 아름다운 땅에서 멸절하실 것이라 경고한다

경건한 마음으로 조심스럽고 공손하게
성령님의 인도하심 따라 순종하리로다

너희 옆구리에 가시가 될 것이라

"그러므로 내가 또 말하기를 내가 그들을 너희 앞에서 쫓아내지
아니 하리니 그들이 너희 옆구리에 가시가 될 것이며
그들의 신들이 너희에게 올무가 되리라 하였노라" (삿2: 3)

시시들의 시대 직전에 여호와의 시지기 길갈에서
보김으로 올라와 내가 너희를 애굽에서 올라오게 하여
너희 조상들에게 맹세한 땅으로 들어가게 하였으며
내가 너희와 함께한 언약을 영원히 어기지 아니 하리니
너희는 이 땅의 주민과 언약을 맺지 말며
그들의 제단을 헐라 하였거늘 너희가 듣지 아니 하였다고
하면서 그 사자가 이스라엘에게 한 말씀이다

이스라엘 모든 백성이 통회하며 소리 높여 운지라
이곳 이름을 보김(우는 자)이라 부르고
여호와께 제사를 드렸다

사사 옷니엘

"이스라엘 자손이 여호와께 부르짖으매
여호와께서 이스라엘 자손을 위하여 한 구원자를 세워
그들을 구원하게 하시니
그는 곧 갈렙의 아우 그나스의 아들 옷니엘이라" (삿3: 9)

이스라엘 자손이 여호와의 목전에 악을 행하여
바알들과 아세라들을 섬긴지라
여호와께서 진노하사 메소보다미아 왕에게 파셨으므로
이스라엘 자손이 그 왕을 8년 동안 섬기더니
여호와께 부르짖어 하나님은 사사 옷니엘을 구원자로 세워
성령이 그에게 임하시어 메소보다미아 왕을 그의 손에 넘겨주셔
사사(士師, Judge) 옷니엘이 승리하여 그 땅을 평안하게
40년을 다스렸다

질투하시는 하나님이시라
다른 신을 섬기면 질투와 분노로
이스라엘을 적에게 넘겨 버리시고,
그 적은 이스라엘을 압박하여 생존의 위협을 준다
이렇게 되어서야 비로소 여호와께 부르짖고
자비하신 하나님은 구원자를 세워 적을 물리치게 하시도다

사사 삼손

"삼손이 이르되 블레셋 사람과 함께 죽기를 원하노라 하고
힘을 다하여 몸을 굽히매 그 집이 곧 무너져 그 안에 있는
모든 방백들과 온 백성에게 덮이니
삼손이 죽을 때에 죽인 자가 살았을 때에 죽인 자보다
더욱 많았더라" (삿16: 30)

사사 삼손은 태에서 나옴부터 하나님께 바친 나실인 임이라
그가 블레셋 사람의 손에서 이스라엘을 구원하기 시작하라는
지시를 받았다

삼손이 성년에 이르자 한 블레셋 여인과 혼인 잔치를 하면서
블레셋 청년 30명과 내기를 걸었으나 신부가 그 답을 누설하여
삼손이 노하여 그 청년들을 쳐죽이고 신부를 버렸다

삼손은 더 많은 블레셋 사람들을 도륙하고 바위 틈에 들어가 살았다
유대 사람들이 삼손의 양해 아래 결박하여 넘겨줬다
그러나 삼손이 결박을 끊어 버리고 그들을 1,000명이나 죽였다

이에 블레셋의 지도자들은 삼손이 사랑하였던 블레셋 여인 들릴라를
통하여 그 초인적인 힘을 무력하게 하는 방법을 알아내려고 하였다
삼손은 들릴라의 간청에 의해 그 비밀을 세 번이나 말하지만 모두
거짓으로 가르쳐 주었으나 세 번째 대답에서는 거짓이지만

그 실마리가 제공되어 머리털을 깎여 힘을 잃어버린 삼손은 블레셋
사람들에게 잡혀서 그 두 눈을 뽑히는 형벌을 당하면서 가사로 내려가
옥중에서 맷돌을 돌리는 일을 한다
그러나 하나님께서 그의 힘을 회복시켜 주셨다

삼손의 체포를 자축하는 블레셋 사람들은
그들의 신 다곤을 찬송하면서 잔치를 벌이고
삼손을 희롱하여 그로 하여금 재주를 부리도록 하였다
이곳에서 삼손은 다시금 하나님의 구원을 구하면서
양손으로 두 기둥을 붙잡고 힘을 다하여 밀었다

그때에 일어난 일이 놀라웠다
삼손이 살아서 죽인 사람보다
죽으면서 죽인 사람이 많았다

삼손은 사사이긴 하였지만 다른 사사들과 같지 않았다
다른 사사들은 전쟁을 위하여 백성을 조직하고 다스렸지만
삼손은 개인적으로 영웅적인 싸움을 혼자 하였다
그것도 이스라엘 국가나 그가 속한 지파의 해방을 위하여
의식적으로 싸운 것도 아니다

사사 기드온

"기드온이 그 금으로 에봇 하나를 만들어
자기 성읍 오브라에 두었더니
온 이스라엘이 그것을 음란하게 위하므로
그것이 기드온과 그의 집에 올무가 되니라" (삿8: 27)

미디안 사람들이 아말렉 사람들과 이스라엘을 공격하여
이스라엘 전체가 초토화 되어 산 속 굴에서 숨어 살고 있어
여호와께서 사사 기드온에게 이스라엘을 구하라는 사명을 주셔
그날 밤 하나님의 명령대로 아비 집에 있던 바알의 단을 헐고
아세라 상을 태워 여호와의 단에 번제를 드렸다

기드온은 이스라엘 골짜기에 진을 치고 있던 미디안과 아말렉을
치기 위하여 여호와께 간구하니 이에 응답하셔 300명을 뽑아
미디안과 그 연합군을 격멸하여 40년 동안 태평하였다

그러나 하나님께서 베풀어 주셨던 승리에도 불구하고
에봇을 만드는 죄를 지어 이스라엘은
다시금 배도의 길에 들어섰으며 기드온이 죽자
아비멜렉에 의하여 그의 가문도 처참하게 파괴되었도다

어머니의 하나님이 나의 하나님

"룻이 이르되 내게 어머니를 떠나며 어머니를 따르지 말고
돌아가라 강권하지 마옵소서
어머니께서 가시는 곳에 나도 가고
어머니께서 머무시는 곳에서 나도 머물겠나이다
어머니의 백성이 나의 백성이 되고
어머니의 하나님이 나의 하나님이 되시리니
어머니께서 죽으시는 곳에서
나도 죽어 나도 거기 묻힐 것이라" (룻1: 16-17)

유다 베들레헴에 흉년이 들어 엘리멜렉과 나오미 부부가
말론과 기룐 두 아들을 데리고 모압지방에 살다가
남편이 죽은 후에 모압 여자 중에 오르바와 룻을 며느리로 맞았다
10년쯤 지나 두 아들이 다 죽었다

나오미가 여호와께서 이스라엘 백성에게 양식을 주셨다 함을 듣고
두 며느리를 불러 사정을 자세히 말하며 친정으로 돌아가라 하니
동서는 돌아가는데 룻이 시어머니에게 돌아가라 강권하지 말라고
말씀을 드리며 한 말이다

룻은 시어머니 때문에 이스라엘 백성을 사랑했고
그 백성에게는 여호와 하나님이 계시며
그 하나님이 또한 자기를 사랑하신다고 깨달았도다

사무엘이 이스라엘을 다스리다

"사무엘이 이스라엘 온 족속에게 말하여 이르되
만일 너희가 전심으로 여호와께 돌아오려거든
이방 신들과 아스다롯을 너희 중에서 제거하고
너희 마음을 여호와께로 향하여 그만을 섬기라
그리하면 너희를 블레셋 사람의 손에서 건져내시리라" (삼상7: 3)

사사 엘리시대와는 달리 사무엘은 사사로서
이스라엘이 하나님께로 돌아와 그분만을 섬기는
영적 각성과 믿음의 활동으로 이스라엘을 다스렸다

이 시기에 있었던 미스바 성회는 이를 알 수 있으니
블레셋은 미스바 성회를 좋은 기회로 삼아 쳐들어 왔지만
그들의 침범은 도리어 이스라엘 백성의 좋은 기회가 되었으니
바로 하나님의 치밀하신 섭리였도다

사무엘이 돌을 취하여 미스바와 센 사이에 세워
여호와께서 여기까지 우리를 도우셨다는 뜻으로
에벤에셀(도움의 돌)이라 하였도다

사울을 왕으로 세우다

"사무엘이 백성에게 이르되
오라 우리가 길갈로 가서 나라를 새롭게 하자
모든 백성이 길갈로 가서 거기서 여호와 앞에서
사울을 왕으로 삼고
길갈에서 여호와 앞에 화목제를 드리고
사울과 이스라엘 모든 사람이 거기서 크게 기뻐하니라" (삼상11: 14-15)

기스의 아들 사울은 자신의 임무를 깨닫고
기브아에서 베섹에 이르러 33만의 군대를 이끌고
암몬 사람을 쳐서 패주시켰다

이러한 승리는 사울에게 왕이 될 수 있는 확신을 갖게 하였고
온 백성은 사울 왕의 권위를 확인하는 계기가 되었고
사무엘은 이 기회를 잘 이용하여 사울 왕권을 더욱 공고히 하였고
온 백성은 화목제를 드리며 기뻐하였도다

왕이 망령되이 행하였도다

"사무엘이 사울에게 이르되 왕이 망령되이 행하였도다
왕이 왕의 하나님 여호와께서 왕에게 내리신 명령을
지키지 아니 하였도다
그리하였더라면 여호와께서 이스라엘 위에 왕의 나라를
영원히 세우셨을 것이거늘

지금은 왕의 나라가 길지 못할 것이라
여호와께서 왕에게 명령하신 바를 왕이 지키지 아니 하였으므로
여호와께서 그의 마음에 맞는 사람을 구하여
여호와께서 그를 그의 백성의 지도자로 삼으셨느니라" (삼상13: 13-14)

블레셋 사람이 이스라엘과 싸우려고 대대적인 침공을 감행하자
사울 왕은 백성들의 동요를 막고 전쟁을 승리로 이끌기 위하여
사무엘을 기다리지 아니 하고 제사장의 직무인 제사를 드렸도다

사사 사무엘은
사울 왕이 나라를 하나님이 지키시고 구원하심을 잊고
여호와께서 명령하신 바를 지키지 아니 하였으므로
왕의 나라가 길지 못할 것이라고
준엄한 질책과 예고를 하고 있도다

다윗이 돌로 골리앗을 이기다

"블레셋 사람이 일어나 다윗에게로 마주 가까이 올 때에
다윗이 블레셋 사람을 향하여 빨리 달리며
손을 주머니에 넣어 돌을 가지고 물매로 던져
블레셋 사람의 이마를 치매 돌이 그의 이마에 박히니
땅에 엎드러지니라" (삼상17: 48-49)

블레셋 사람들이 군대를 모으고 유다에 속한 소고에 모여
사울 왕과 이스라엘 사람들을 대치하고 있을 때에
블레셋 진영에서 싸움을 돋우는 골리앗이 이스라엘을 향하여
너희 중에 한 사람을 택하여 내게로 보내라
그가 나와 싸워 나를 죽이면 우리가 너희 종이 되겠고
내가 이겨 그를 죽이면 너희가 우리의 종이 되어 우리를 섬기라

골리앗이 다윗에게로 가까이 다가와 둘러보고
네가 나를 개로 여기고 막대기를 가지고 나왔느냐 하며
그들의 신들의 이름으로 다윗을 저주하거늘
다윗이 골리앗에게
너는 칼과 창과 단창으로 내게 나아오거니와
나는 만군의 여호와의 이름으로 네게 나아가노라
다윗이 돌로 골리앗의 이마를 맞추어 땅에 쓰러뜨리고
달려가 골리앗을 밟고 그의 칼집에서 칼을 빼어
그를 죽이고 머리를 베었도다

이것이 그날이니이다

"다윗의 사람들이 이르되
보소서 여호와께서 당신에게 이르시기를
내가 원수를 네 손에 넘기리니 네 생각에 좋은 대로 그에게 행하라
하시더니 이것이 그날이니이다 하니
다윗이 일어나서 사울의 겉옷자락을 가만히 베니라" (삼상24: 4)

다윗에게 사울을 직접 죽일 수 있는 절호의 기회에 대하여
그의 심복들은 여호와께서 주신 바로 그날이라고 말하고 있다
다윗은 처음에는 그들의 판단을 인정하고 겉옷 자락을 베었지만

내가 손을 들어 기름부음 받은 내 주를 치는 것은
여호와께서 금하시는 일이요
이 일은 여호와께서 판단하사
여호와께서 나를 위하여 사울 왕에게 보복하실 일이니
내 손으로는 해치지 아니 하기로 하였다

다윗은 사울 행위에 대하여
재판장이신 여호와의 판결에 맡기는
위대한 신앙심을 보여주고 있도다

3

다윗이 온 이스라엘의 왕이 되다

"이스라엘 모든 지파가 헤브론에 이르러
다윗에게 나아와 이르되
보소서 우리는 왕의 한 골육이니이다
전에 곧 사울이 우리의 왕이 되었을 때에도
이스라엘을 거느려 출입하게 하신 분은 왕이시었고
여호와께서도 왕에게 말씀하시기를
네가 내 백성 이스라엘의 목자가 되며
네가 이스라엘의 주권자가 되리라 하셨나이다 하니라
이에 이스라엘 모든 장로가 헤브론에 이르러
왕에게 나아오매 다윗 왕이 헤브론에서 여호와 앞에
그들과 언약을 맺으매 그들이 다윗에게 기름을 부어
이스라엘 왕으로 삼으니라" (삼하5: 1-3)

이스라엘의 온 지파의 대표들이 다윗을 왕으로 인정함은
다윗 왕은 우리의 골육이고
다윗 왕은 이스라엘 군대를 지휘한 자이고
다윗 왕은 여호와께서 이스라엘의 목자와 주권자로
세우심 받은 자임이로다

당신이 그 사람이라

"나단이 다윗에게 이르되 당신이 그 사람이라
이스라엘 하나님 여호와께서 이와 같이 이르시기를
내가 너를 이스라엘 왕으로 기름 붓기 위하여
너를 사울의 손에서 구원하고
네 주인의 집을 네게 주고 네 주인의 아내들을 네 품에 두고
이스라엘과 유다 족속을 네게 맡겼느니라
만일 그것이 부족하였을 것 같으면 내가 네게 이것 저것을
더 주었으리라
그러한데 어찌하여 네가 여호와의 말씀을 업신여기고
나보기에 악을 행하였느냐
네가 칼로 헷 사람 우리아를 치되 암몬 자손의 칼로 죽이고
그의 아내를 빼앗아 네 아내로 삼았도다" (삼하12: 7-9)

여호와께서 선지자 나단을 다윗에게 보내어 심히 꾸짖으신다
다윗은 그 괴로운 심정을 읊었다
허물의 사함을 받고 자신의 죄가 가려진 자는 복이 있도다
내가 입을 열지 않을 때에 종일 신음하므로 내 뼈가 쇠하였도다
내가 이르기를 내 허물을 여호와께 자복하리라 하고
주께 내 죄를 아뢰고 내 죄를 숨기지 아니 하였더니
곧 주께서 내 죄악을 사하였나이다 (시32편 중)

미워하는 자는 사랑하시고

"요압이 집에 들어가서 왕께 말씀 드리되
왕께서 오늘 왕의 생명과 왕의 자녀의 생명과 처첩과 비빈들의
생명을 구원한 모든 부하들의 얼굴을 부끄럽게 하시니
이는 왕께서 미워하는 자는 사랑하시며 사랑하는 자는 미워하시고
오늘 지휘관들과 부하들을 멸시하심을 나타내심이라
오늘 내가 깨달으니 만일 압살롬이 살고 오늘 우리가 다 죽었더면
왕이 마땅히 여기실 뻔하였나이다" (삼하19: 5-6)

다윗 왕은 아들 압살롬이 반역을 일으켜
요압, 아비새, 잇대를 지휘관으로 세워 출전시키니
압살롬과 마주치게 되자
압살롬의 머리가 상수리나무 가지에 걸리고
노새는 빠져나가 압살롬은 매달려 죽었다
이 소식을 들은 다윗이
내 아들 압살롬아 차라리 내가 너를 대신하여
죽었더라면 좋았을 것이라며 대성통곡을 하자
그날의 승리가 모든 백성에게 슬픔이 된지라
요압이 왕에게 강력하게 항의하면서
부하들의 마음을 위로하여 달라고 호소한다

다윗 왕에게도 공과 사를 변별하지 못하게 하는
자식의 걸림돌이 부하들을 격분하게 하였도다

아도니야의 야심

"밧세바가 이르되 내가 한 가지 작은 일로 왕께 구하오니
내 청을 거절하지 마소서
왕이 대답하되
내 어머니여 구하소서 내가 어머니의 청을 거절하지
아니 하리이다
이르되 청하건대 수넴 여자 아비삭을
아도니야에게 주어 아내로 삼게 하소서" (왕상2: 20-21)

솔로몬이 이스라엘의 제 3대 왕으로 즉위하자
아도니야는 아직도 왕위 찬탈에 대한 야심을 버리지 아니 하고
왕위가 본래 자기 것이라 믿고 있으며
온 백성이 자기를 왕으로 삼으려 한다고 믿었다

그래서 다윗 왕의 후궁인 아비삭을 아내로 삼아 왕위 계승의 권리를
확보하려고 솔로몬의 어머니 밧세바를 통하여 간청을 한다
다윗의 큰 아들 압살롬도 아버지 다윗 왕의 첩과 후궁들과 동침을
함으로써 왕권을 획득하고자 하였던 일이 있었다

그러나 지혜로운 솔로몬 왕은 아도니야의 이러한 야심을 알고
어머니의 간절한 청을 물리치고 아도니야를 제거하였도다

이 성전이라도 던져 버리리니

"만일 너희나 너희의 자손이 아주 돌아서서 나를 따르지 아니 하며
내가 너희 앞에 둔 나의 계명과 법도를 지키지 아니 하고
가서 다른 신을 섬겨 그것을 경배하면
내가 이스라엘을 내가 그들에게 준 땅에서 끊어 버릴 것이요
내 이름을 위하여 내가 거룩하게 구별한 이 성전이라도
내 앞에서 던져 버리리니
이스라엘은 모든 민족 가운데에서 속담거리와
이야깃거리가 될 것이며" (왕상 9:6-7)

솔로몬이 여호와의 성전과 왕궁 건축하기를 마치며
자기가 이루기를 원하던 것을 마친 때에
여호와께서 솔로몬에게 나타나셔
솔로몬의 기도에 대한 응답을 하시며
솔로몬과 언약을 맺으셨다

솔로몬이 모든 계명을 신실이 준행하면
그의 왕위를 영화롭게 할 것이지만
다른 우상을 섬긴다면
약속의 땅에서 추방시킨다는 내용이다

그의 여인들이 왕의 마음을 돌아서게 하다

"왕은 후궁이 칠백 명이요 첩이 삼백 명이라
그의 여인들이 왕의 마음을 돌아서게 하였더라" (왕상11: 3)

솔로몬 왕은 외교정책의 일환으로 애굽, 모압, 암몬, 에돔, 시돈, 헷의
여인들을 아내로 맞이한 결과 이스라엘 내에서 그들이 자기의 우상을
공공연히 숭배하게 되었다

솔로몬이 마음을 돌려 이스라엘의 하나님 여호와를 떠나므로
여호와께서 그에게 진노하사 에돔 사람 하닷, 엘리아다의 아들 르손,
솔로몬의 신하 느밧의 아들 여로보함이 각기 솔로몬을 대적하게 했다

또 여호와 하나님께서 솔로몬 왕국을 둘로 나누어
한 지파를 솔로몬의 아들에게 주어서
내가 거기에 내 이름을 위하여 택한 성읍 예루살렘에서
내 종 다윗이 항상 내 앞에 등불을 가지고 있게 하리라

솔로몬이 그의 조상들과 함께 자매
그의 아들 르호보암이 왕이 되니라

그 통의 가루가 떨어지지 아니 하고

"이스라엘의 하나님 여호와의 말씀이
나 여호와가 비를 지면에 내리는 날까지
그 통의 가루가 떨어지지 아니 하고
그 병의 기름이 없어지지 아니 하리라 하셨느니라" (왕상17: 14)

디셉 사람 엘리야가 여호와께서 말씀하신 대로
시돈 땅 사르밧으로 가서 나뭇가지를 줍는 여인에게
마실 물을 좀 달라며 오는 길에 떡 한 조각도 달라고 하니

그 여인이 떡이 없고 다만 통에 가루 한 움큼과
병에 기름 조금뿐이며 나뭇가지 둘을 주워다가
음식을 만들어 나와 내 아들이 먹고 죽으려는 것이란다

엘리야가 두려워하지 말고 가서 네 말대로 하려니와
먼저 작은 떡 한 개를 만들어 내게 가져 온 뒤에
너와 네 아들과 먹을 것을 만들라고 하면서 한 말이다

사르밧 여인은 가난하지만 하나님의 말씀을 믿고
엘리야가 청하는 대로 하였더니 놀라운 이적을 체험한다
이스라엘 백성들은 하나님과의 약속을 저버렸으나
이방 여인은 말씀을 순종하여 새 생명을 얻었도다

여호와께서 이 물을 고쳤으니

"엘리사가 이르되 새 그릇에 소금을 담아 내게로 가져오라 하매
곧 가져온지라
엘리사가 물 근원으로 나아가서 소금을 그 가운데 던지며 이르되
여호와의 말씀이 내가 이 물을 고쳤으니
이로부터 다시는 죽음이나 열매 맺지 못함이 없을지니라 하셨느니라
그 물이 엘리사가 한 말과 같이 고쳐져서 오늘에 이르렀더라" (왕하 2:20-22)

여리고 성 사람들이 선지자 엘리사에게 이 성의 위치는 좋으나
물이 나빠 토산물이 맺지 못하고 떨어진다 하여
하나님의 이적을 보여준 말씀이다

여기서 새 그릇이란 성령께서 역사하실 새 창조의 징표요
소금은 하나님의 신실하신 언약을 상징한다
여리고 성의 물을 변화시킨 이적은
하나님께 불순종한 자들에게도 은혜를 베푸사
그들의 심령을 새롭게 하실 것이라는
하나님의 자비를 상징한다
여기서 여리고 성은 패역한 온 이스라엘 전체를 의미한다

엘리사의 사환 게하시가 나병에 걸리다

"우리 주인께서 나를 보내시며 말씀하시기를
지금 선지자의 제자 중에 두 청년이
에브라임 산지에서부터 내게로 왔으니
청컨대 당신은 그들에게 은 한 달란트와 옷 두 벌을 주라
하시더이다"(왕하5: 22)

선지자 엘리사의 사환 게하시가 아람의 장수 나아만이
자신의 나병을 고쳐주어 가져온 예물을
엘리사가 받지 아니 한 것을 알고
나아만을 뒤쫓아가서 거짓말을 하여
그 예물을 감춘 것을
엘리사가 알고 추궁하자 또 거짓말을 하였다

엘리사가 게하시에게 나아만의 나병이 네게 들어
네 자손에게 미쳐 영원토록 이르리라 하니
게하시가 그 앞에서 물러나오매 나병이 발하였다

게하시는 탐심을 채우기 위해
나아만과 엘리사에게 거짓말을 하였고
그로 인해 저주를 받았도다

죽은 후에도 사람을 살리는 엘리사

"엘리사가 죽으니 그를 장사하였고 해가 바뀌매
모압 도적떼들이 그 땅에 온지라
마침 사람을 장사하는 자들이 그 도적떼를 보고
그의 시체를 엘리사의 묘실에 들어 던지매
시체가 엘리사의 뼈에 닿자 곧 회생하여 일어섰더라" (왕하13: 20-21)

엘리사가 죽으니 이스라엘 땅에 장사하였고
그 후에 모압의 도적떼들이 이스라엘 땅을 침범하여
한 번은 죽은 사람을 묻어주는 사람들이 어떤 시체를 묻고 있다가
이 도적떼를 보자 그들은 놀라
그 시체를 엘리사의 무덤 안에 던지고 달아났는데
그 시체가 엘리사의 뼈에 닿자 그 시체가 살아나서
제 발로 일어났다

하나님의 사람 엘리사가 죽은 후에도
죽은 사람을 살리는 이적을 행하였도다
이는 엘리사가 죽었지만
그가 선포했던 하나님의 예언들은
앞으로도 반드시 성취될 것임을 나타냄이로다

히스기야 왕의 통곡

"여호와여 구하오니 내가 진심과 전심으로 주 앞에 행하며
주께서 보시기에 선하게 행한 것을 기억하옵소서 하고
히스기야가 심히 통곡하더라" (왕하 20:3)

유다 왕 히스기야가 병이 들어 죽게 되매
선지자 이사야가 그에게 여호와의 말씀이
너는 집을 정리하라 네가 죽고 살지 못하리라
하셨다고 전하니
히스기야가 낯을 벽으로 향하고 여호와께 통회한 내용이다

히스기야는 재위 14년째 되던 해 그의 나이 39세인데
그때는 앗수르가 침공하던 때라 왕위를 계승할 아들은 없는데
병이 나고 죽을 것이라는 이사야의 말을 듣고 더욱 슬펐을 것이다

이사야가 얼마쯤 가는데 여호와께서 황급히 말씀하시기를
히스기야에게 돌아가 그의 기도를 듣고 눈물을 보았다 하시며
병이 나아 15년을 더 살게 하고 앗수르의 손에서 보호하리라
하신 말씀을 전하며 상처에 무화과 반죽을 놓으니 병이 나았다

하나님께서는 히스기야가 15년을 더 살게 하신다는 징표로
해시계의 그림자가 10도 뒤로 물러가는 이적을 보이셨도다

율법에 따라 여호와께로 돌이킨 요시야 왕

"요시야와 같이 마음을 다하며 뜻을 다하며 힘을 다하여
모세의 모든 율법을 따라 여호와께로 돌이킨 왕은
요시야 전에도 없었고 후에도 그와 같은 자가 없었더라" (왕하 23:25)

유다 왕 요시야(16대)는 솔로몬 시대부터 시작되어 므낫세 시대에
극성을 이루었던 모든 우상들을 철저히 부숴버렸다
그리고 남 왕국의 고질적인 죄악인 산당을 모두 제거했으며
산당 제사를 주관하던 레위 제사장들의 직분을 박탈했다
당시 널리 퍼져 있던 태양신 숭배를 금지시켰고
사람을 제물로 바치던 몰렉, 그모스, 밀곰 신들의 신전을 부쉈다
북 왕국 땅에 제사장들은 레위지파에 속하지 않는 자요
금송아지 우상을 섬겼으므로 단호하게 처단했다

요시야 왕이 이와 같이 종교개혁을 실시했음에도 불구하고
하나님의 진노가 유다 위에 여전히 남아 있었으니
이는 왕의 개혁에도 아랑곳하지 않고 백성들은 여전히 죄악 가운데
머물러 있었기 때문이로다

사울이 죽은 것은

"사울이 죽은 것은 여호와께 범죄하였기 때문이라
그가 여호와의 말씀을 지키지 아니 하고
또 신접한 자에게 가르치기를 청하고
여호와께 묻지 아니 하였으므로
여호와께서 그를 죽이시고
그 나라를 이새의 아들 다윗에게 넘겨주셨더라" (대상10: 13-14)

역사적인 사실에 대하여 역대기 기자는
세상 역사학자들과는 다르게 평가를 한다
하나님의 주권 사상을 철저히 따르는
사관(史觀)을 바탕으로 하고 있다

이스라엘의 역사(歷史)는
세상인간들에 의하여 좌우되는 것이 아니라
하나님께서 간섭하시고, 섭리 인도하시도다

여호와께서 이기게 하시니라

"다윗이 다메섹 아람에 수비대를 두매
아람 사람이 다윗의 종이 되어 조공을 바치니라
다윗이 어디로 가든지 여호와께서 이기게 하시니라" (대상18: 6)

다윗 왕이 여호와 앞에 들어가 앉아서
여호와여 우리 귀로 들은 대로 주와 같은 이가 없고
주 외에는 하나님이 없나이다 감사기도를 한 후에
하나님의 축복으로
블레셋, 모압, 아람연합군, 에돔 등을 격파함으로
이스라엘은 근동의 강국이 되었다

다윗이 어디로 가든지 여호와께서 이기게 하시니라
이 말을 역대기 기자는 두 번이나 기록하였다 (18:13)

이 전쟁은 하나님께서 다윗에게 다윗 왕국을 튼튼하게
세우라고 약속한 것을 성취한 것임을 기록한 것이로다

내 얼굴을 찾으면 땅을 고치리라

"내 이름으로 일컫는 내 백성이 그들의 악한 길에서 떠나
스스로 낮추고 기도하여 내 얼굴을 찾으면
내가 하늘에서 듣고 그들의 죄를 사하고 그들의 땅을 고칠지라" (대하7: 14)

솔로몬 왕이 여호와의 전과 왕궁 건축을 마친 뒤
밤에 여호와께서 솔로몬에게 네 기도를 듣고
이곳을 내게 제사하는 성전으로 삼았다면서 하신 말씀이다

하나님의 무조건적인 선택으로 하나님께 속한 백성들은
하나님의 백성다운 모습을 이루어 나아가야 한다

그 백성들의 모습은 하나님의 명예가 직결되는 것으로
하나님의 이름에 합당한 하나님의 소유로서
그에 상응하는 내용이 갖추어져 있어야 하는 것이다

하나님을 믿는 그리스도인은 하나님의 백성이므로
삶 속에서 공무수행이나 사사로운 일에 악을 행하면
바로 그 길에서 하나님의 얼굴을 바라보며 기도하면
하나님은 하늘에서 듣고 죄를 용서하여 주시고
나의 삶을 바르게 고쳐주신다고 말씀하셨도다

웃시야여 왕이 할 바가 아니요

"웃시야 왕 곁에 서서 그에게 이르되
웃시야여 여호와께 분향하는 일은 왕이 할 바가 아니요
오직 분향하기 위하여 구별함을 받은
아론의 자손 제사장들이 할 바니 성소에서 나가소서
왕이 범죄하였으니 하나님 여호와에게서
영광을 얻지 못 하리이다" (대하26: 18)

유다 왕 웃시야(아사랴 10대)가 여호와를 찾는 동안에
하나님이 형통하게 하서 강성하여지매
그의 마음이 교만하여 여호와의 성전에 들어가서
향단에 분향하려는지라
제사장 아사랴가 뒤따라 들어가서 왕에게 한 말이다

웃시야 왕이 손으로 향로를 잡고 분향하려 하다가
화를 내니 그의 이마에 나병이 생겼으므로
성전에서 급히 쫓아내고
여호와께서 급히 치시므로 왕도 속히 나가니라

앗수르와 함께하는 자는 육신의 팔

"너희는 마음을 강하게 하며 담대히 하고
앗수르 왕과 그를 따르는 온 무리로 말미암아
두려워하지 말며 놀라지 말라
우리와 함께하시는 이가 그와 함께하는 자보다 크니
그와 함께하는 자는 육신의 팔이요
우리와 함께하시는 이는 우리의 하나님 여호와시라
반드시 우리를 도우시고 우리를 대신하여 싸우시리라 하매
백성이 유다 왕 히스기야의 말로 말미암아 안심하니라" (대하32: 7-8)

유다 왕 히스기야(13대)는 하나님께 충성된 일을 한 후
앗수르 왕 산혜립이 예루살렘을 치러 오려는 것을 알고
이에 대비하여 방어준비를 단단히 한 다음에
군 지휘관들과 백성들을 성문 앞에 모이게 하여
그들에게 위로의 말을 한 것이다

히스기야 왕의 임전태세가
전문적이고 치밀하며
지극히 경건하고 신앙적이로다

하나님의 언약 성취

"바사 왕 고레스는 말하노니
하늘의 하나님 여호와께서 세상 모든 나라를 내게 주셨고
나에게 명령하사 유다 예루살렘에 성전을 건축하라 하셨나니

이스라엘의 하나님은 참신이시라
너희 중에 그의 백성 된 자는 다 유다 예루살렘으로 올라가서
이스라엘 하나님 여호와의 성전을 건축하라
그는 예루살렘에 계신 하나님이시라" (스1: 2-3)

바사(페루시야) 고레스 왕 원년에
하나님께서 예레미야의 입을 통하여
왕의 마음을 감동시키시매

왕은 이스라엘 하나님은 참신이시니
그의 백성은 예루살렘에 올라가 성전을 건축하라며
옛날 바벨론 왕 느브갓네살에게 사로잡혀 온 자들의 자손들에게
예루살렘으로 올라가라 한다

하나님께서는 남아있는 백성을 회복시키심으로
이스라엘과 다윗 가문을 보존하시겠다고 하신
언약을 신실하게 이루시었도다

에스라의 하나님 영광 찬양

"우리 조상님들의 하나님 여호와를 송축할지로다
그가 왕의 마음에 예루살렘 여호와의 성전을 아름답게 할 뜻을 두시고
또 나로 왕과 그의 보좌관들 앞과
왕의 권세 있는 모든 방백의 앞에서
은혜를 얻게 하셨도다

내 하나님 여호와의 손이 내 위에 있으므로
내가 힘을 얻어 이스라엘 중에 우두머리들을 모아
나와 함께 올라오게 하였노라" (스7: 27-28)

바사(페루시야) 아닥사스다 왕 때에
아론의 16대손이며 스가랴의 아들 에스라가
바벨론에서 예루살렘으로 올라왔으니
그는 하나님의 율법에 완전한 학자요 제사장이요
바사의 고위관직을 맡은 자로 왕의 신임을 받는 자라

에스라는 율법에 대한 연구와 귀환의 정황을 통하여
하나님의 구원하심, 언약의 성취, 이스라엘에 대한 사랑을
깊이 깨닫고 하나님의 영광을 찬양하도다

왕에게 나아가리니 죽으면 죽으리라

"당신은 가서 수산에 있는 유다인을 다 모으고 나를 위해 금식하되
밤낮 3일을 먹지도 말고 마시지도 마소서
나도 나의 시녀와 더불어 이렇게 금식한 후에 규례를 어기고
왕에게 나아가리니 죽으면 죽으리이다 하니라" (에4: 15-16)

유다인 처녀 에스더는 와스디를 대신할 왕비 후보로 뽑혔고
결국 바사의 아하수에로 왕의 마음에 들어 왕후가 되었다
에스더는 바벨론 느브갓네살 왕에게 잡혀오던 중 부모가 다 죽어
사촌오빠 모르드개 아래에서 자라 수산 성에서 살고 있었다

새로 총리가 된 하만은 모르드개가 경의를 표하지 아니 하여
유다인들은 특별한 율법으로 왕에게 충성을 하지 아니 한다며
그들을 진멸할 수 있는 칙령을 왕에게 얻어내어 날을 정해
단행할 것이라는 정보를 들은 모르드개는 왕후 에스더에게
중재하여 줄 것을 호소하자 에스더가 모르드개에게 한 회답이다

에스더가 금식을 마치고 왕후의 예복을 입고 왕궁 안뜰에 서니
왕이 에스더를 보고 손에 잡았던 금규를 내밀어
에스더가 가까이 가서 금규 끝을 만지자 왕이 소원을 물어
에스더는 왕과 하만을 초대하는 잔치를 벌려 기회를 얻어서
바사 왕국에 있는 유다인을 전멸하려는 자가 하만임을 밝혔도다

나와 내 아버지의 집이 범죄하여

"하늘의 하나님 여호와 크고 두려우신 하나님이여
주를 사랑하고 주의 계명을 지키는 자에게 언약을 지키시며
긍휼을 베푸시는 주여 간구하나이다
이제 종이 주의 종들인 이스라엘 자손을 위하여
주야로 기도하오며 우리 이스라엘 자손이 주께 범죄한 죄들을
자복하오니 주는 귀를 기울이시며 눈을 여시사
종의 기도를 들으시옵소서 나와 내 아버지의 집이 범죄하여
주를 위하여 크게 악을 행하여 주께서 주의 종 모세에게 명령하신
계명과 율례와 규례를 지키지 아니 하였나이다" (느1: 5-7)

하가랴의 아들 느헤미야가 바사 아닥사스다 왕 때 수산 궁에서
술 맡은 관원으로 있는데 동생 하나니가 두어 사람과 함께
유다에서 내려와 유다에 남아있는 자들의 큰 환난과 능욕을 받으며
예루살렘 성은 불탔다는 말을 듣고
울고 슬퍼하며 금식하면서 하나님께 드린 기도이다

하나님의 응답으로 느헤미야는 유다 총독으로 임명되어
예루살렘 성벽 재건에 필요한 모든 물자의 공급을 받게 되었다

이스라엘의 대적들로부터 끊임없는 방해를 받았음에도
계획대로 꾸준히 실천하여 52일 만에 공사를 완공하였다
포로기 이후 이스라엘 공동체의 신앙생활에 관심을 가지고

에스라를 통하여 율법교육을 실시하였고
초막절과 금식 일을 지키도록 선포하였고
성전 재건과 신앙적인 개혁을 약속하는 문서를 작성하고
백성을 전입시켜 예루살렘의 세력을 강화하였다

느헤미야는 바사 수산 성으로 돌아갔다가
몇 년이 지난 후에 신앙적으로나 사회적으로 악습들이 만연하자
다시 예루살렘으로 돌아왔다
암몬자손 도비야를 성전에 딸린 방에서 내쫓았고
레위인들의 생계를 보장해 주었으며
안식일 제정을 위한 규례를 제정하고
이방인들과의 통혼을 폐지하였다

느헤미야의 사역은
언약 백성들의 생활에 중대한 영향을 미쳤다
그는 바벨론 포로기 이후 연약한 유대인 공동체에
정치, 경제, 종교적인 면에서 많은 공헌을 하였도다

시편 말씀에서

시편에는 다윗, 모세, 솔로몬, 아삽, 에단, 고라 자손 등이
이스라엘 백성들에게 하나님의 위대하신 성품, 행하신 일,
앞으로 행하실 일들에 대한 찬양과 백성들을 보호하고
사랑하시며 구원하시는 하나님을 신뢰하라는 명령이로다

세상의 군왕들이 나서며 관원들이 서로 꾀하니
여호와 그의 기름부음 받은 자를 대적하며
우리가 그들을 맨 것을 끊고 그의 결박을 벗어버리자 하는도다
하늘에 계신 이가 웃으심이여
주께서 그들을 비웃으시리로다 (시2: 2-4)

내가 누워 자고 깨었으니 여호와께서 나를 붙드심이로다
천만 인이 나를 에워싸 진친다 하여도
나는 두려워하지 아니 하리이다 (시3: 5-6)

여호와 내 하나님이여
나를 생각하사 응답하시고 나의 눈을 밝히소서
두렵건대 내가 사망의 잠을 잘까 하오며
두렵건대 나의 원수가 이르기를 내가 그를 이겼다 할까 하오며
내가 흔들릴 때에 나의 대적이 기뻐할까 하나이다 (시13: 3-4)

여호와여 내 젊은 시절의 죄와 허물을 기억하지 마시고

주의 인자하심을 따라 주께서 나를 기억하시되
주의 선하심으로 하소서 (시25: 7)

낮에는 여호와께서 그 인자하심을 베푸시고
밤에는 그의 찬송이 내게 있어
생명의 하나님께 기도하리로다 (시42: 8)

주를 찾는 모든 자들이 주로 말미암아 기뻐하고
즐거워하게 하시며
주의 구원을 사랑하는 자들이 항상 말하기를
하나님은 위대하시다 하게 하소서 (시70: 4)

여호와여
나의 발이 미끄러진다고 말할 때에
주의 인자하심이 나를 붙들었사오며
내 속에 근심이 많을 때에
주의 위안이 내 영혼을 즐겁게 하시나이다 (시94: 18-19)

아침에 나로 하여금 주의 인자한 말씀을 듣게 하소서
내가 주를 의뢰함이니이다
내가 다닐 길을 알게 하소서
내가 내 영혼을 주께 드림이니이다 (시143: 8)

욥의 회개

"내가 주께 대하여 귀로 듣기만 하였사오나
이제는 눈으로 주를 뵈옵나이다
그러므로 내가 스스로 거두어들이고
티끌과 재 가운데서 회개하나이다" (욥 42: 5-6)

족장이 다스리던 아브라함 때부터
유다인들이 포로생활에서 돌아온 때 사이에
우스 땅에 살고 있는 온전하고 정직한 사람
욥이 까닭 모를 재난으로 7남 3녀와
그 많은 재산을 잃고 온 몸에 종기가 나서
재 가운데 앉아 깨진 그릇조각으로 긁고 있었다

친구들이 찾아와 수 차례 논쟁을 부리며
욥의 죄 때문이라고 하였다

하나님께서
인간의 생각이 얼마나 무지한가를 일깨워 주서
욥은 자신의 교만을 인정하고
진심으로 회개를 하였도다

잠언 말씀에서

잠언(Proverbs)이란 속담이나 격언과 같이
선명한 일을 옛날부터 되풀이하여 내려온 말씀

잠언(箴言)이란 옷을 바느질하는 바늘이나
살을 찔러 고통을 낫게 하는 침과 같은 말씀
찢어진 마음 조각을 바늘로 꿰매어
선한 행동을 하게 바로 잡아주는 말씀이요
참을 수 없는 육신의 고통을 침놓아
성한 몸으로 바르게 행하도록 하여 주는 말씀이로다

오직 내 말을 듣는 자는 평안히 살며
재앙의 두려움이 없이 안전하리라(잠1: 33)

모든 지킬 만한 것 중에 더욱 네 마음을 지키라
생명의 근원이 이에서 남이니라(잠4: 23)

너는 네 우물에서 물을 마시며
네 샘에서 흐르는 물을 마시라(잠5: 15)

나(지혜)를 사랑하는 자들이 나의 사랑을 입으며
나를 간절히 찾는 자가 나를 만날 것이니라(잠8: 17)

거만한 자를 징계하는 자는 도리어 능욕을 받고
악인을 책망하는 자는 도리어 흠이 잡히느니라(잠9: 7)

말이 많으면 허물을 면하기 어려우나
그 입술로 제어하는 자는 지혜가 있느니라(잠10: 19)

입을 지키는 자는 자기의 생명을 보전하나
입술을 크게 벌리는 자에게는 멸망이 오느니라(잠13: 3)

매를 아끼는 자는 그의 자식을 미워함이라
자식을 사랑하는 자는 근실히 징계하느니라(잠13: 24)

마음의 즐거움은 얼굴을 빛나게 하여도
마음의 근심은 심령을 상하게 하느니라(잠15: 13)

악인을 의롭다 하고 의인을 악하다 하는 이 두 사람은
다 여호와께 미움을 받느니라(잠17: 15)

공의와 정의를 행하는 것은 제사 드리는 것보다
여호와께서 기쁘게 여기시느니라(잠21: 3)

마땅히 행할 길을 아이에게 가르치라

그리하면 늙어도 그것을 떠나지 아니 하리라(잠22: 6)

너는 내일 일을 자랑하지 말라
하루 동안에 무슨 일이 일어날는지
네가 알 수 없음이니라(잠27: 1)

율법을 버린 자는 악인을 칭찬하나
율법을 지키는 자는 악인을 대적하느니라(잠28: 4)

불의한 자는 의인에게 미움을 받고
바르게 행하는 자는 악인에게 미움을 받는다(잠29: 27)

하나님의 말씀은 다 순전하며
하나님은 그를 의지하는 자의 방패이시니라(잠30: 5)

누가 현숙한 여인을 찾아 얻겠느냐
그의 값은 진주보다 더하니라(잠31: 10)

고운 것도 거짓되고 아름다운 것도 거짓되나
오직 여호와를 경외하는 여자는
칭찬을 받을 것이니라(잠31: 30)

전도서 말씀에서

전도서는 다윗의 아들 솔로몬이 젊은이들과 장로들의 학생들에게
헛된 것과 야망을 알려주기 위하여 하신 말씀으로
하나님께서 함께하시지 않는다면 우리들이 하는 모든 것은
헛되고 공허하며 소망이 없다는 내용이로다

마음을 다 하며 지혜를 써서
하늘 아래 행하는 모든 일을 연구하며 살핀즉
이는 괴로운 일이니
하나님이 인생들에게 주사 수고하게 한 것이라(전1: 13)

하나님은 그가 기뻐하시는 자에게는 지혜와 지식과 희락을 주시나
죄인에게는 노고를 주시고 그가 모아 쌓게 하사
하나님을 기뻐하는 자에게 그가 주게 하시지만
이것도 헛되어 바람을 잡는 것이로다(전2: 26)

사람들이 사는 동안에 기뻐하며 선을 행하는 것보다
더 나은 것이 없는 줄을 내가 알았고
사람마다 먹고 마시는 것과 수고함으로 낙을 누리는
그것이 하나님의 선물인 줄을 또한 알았도다(전3: 12-13)

너는 어느 지방에서든지 빈민을 학대하는 것과
정의와 공의를 짓밟는 것을 볼지라도 그것을 이상히 여기지 말라

높은 자는 더 높은 자가 감찰하고
또 그들보다 더 높은 자들도 있음이니라(전5: 8)

사람이 하나님께서 그에게 주신 바 그 일평생에 먹고 마시며
해 아래에서 하는 모든 수고 중에서 낙을 보는 것이
선하고 아름다움을 내가 보았나니
그것이 그의 몫이로다(전5: 18)

이미 있는 것은 무엇이든지
오래 전부터 그의 이름이 이미 불린 바 되었으며
사람이 무엇인지도 이미 안 바 되었나니(하나님께서 예정하셨으니)
자기보다 강한 자와는(창조주 하나님과는)
능히 다툴 수 없느니라(전6: 10)

형통한 날에는 기뻐하고 곤고한 날에는 되돌아보아라
이 두 가지를 하나님이 병행하게 하사
사람이 그의 장래 일을 능히 헤아려 알지 못하게
하셨느니라(전7: 14)

세상에서 행해지는 헛된 일이 있나니
곧 악인들의 행위에 따라 벌을 받는 의인들도 있고
의인들의 행위에 따라 상을 받는 악인들도 있다는 것이라

내가 이르노니 이것도 헛되도다(전8: 14)

너는 가서 기쁨으로 네 음식물을 먹고
즐거운 마음으로 네 포도주를 마실지어다
이는 하나님이 네가 하는 일들을
벌써 기쁘게 받았음이니라(전9: 7)

청년이여 네 어린 때를 즐거워하며
네 청년의 날들을 마음에 기뻐하여
마음에 원하는 길들과 네 눈이 보는 대로 행하라
그러나 하나님이 이 모든 일로 말미암아
너를 심판하실 줄 알라(전11: 9)

일의 결국을 다 들었으니
하나님을 경외하고 그의 명령들을 지킬지어다
이것이 모든 사람의 본분이니라(전12: 13)

내 사랑하는 자는 내게 속하였고

"내 사랑하는 자는 내게 속하였고
나는 그에게 속하였도다"(아2: 16)

솔로몬과 술람미 여인 사이에 사랑이 무르익어
여자는 상사병에 걸릴 지경에 이르렀고
남자는 함께 있고 싶어 청혼을 결단한다

사람이 혼자 사는 것이 좋지 아니 하여
하나님은 아담을 돕는 배필로 지어 주셨으므로
그 배필(配匹)을 그리워함이리라

사남삼녀(四男三女)의 막내로 태어나 젖도 못 먹고
엄마는 새벽 일찍 길쌈 가셨다가 저녁 늦게야 오셔
할머니 손에 먹고 자라고 배우고 사랑 받으며 살았도다

열살 때 할머니(安致玉, 1867~1948. 12. 22) 머리맡에 앉아
아버지의 손을 굳게 잡으시는 할머니의 눈빛을
아직도 생생하게 기억하며 잊지 않도다

성경 말씀을 읽으며 할머님의 말씀이 하나님의 말씀임 알고
나는 분명 할머니와 하나님께 속하였음 알았도다

여호와께서 기뻐하시는 금식

"내가 기뻐하는 금식은 흉악의 결박을 풀어주며
멍에의 줄을 끌러주며 압제 당하는 자를 자유하게 하며
모든 멍에를 꺾는 것이 아니겠느냐

또 주린 사에게 네 양식을 나누어 주며
유리하는 빈민을 집에 들이며 헐벗은 자를 보면 입히며
또 네 골육을 피하여 스스로 숨지 아니 하는 것이 아니겠느냐" (사58: 6-7)

선지자 이사야 당시 유다 백성들은 금식을 하면서
실제 생활 속에서는 쾌락을 추구하고 가난한 자들을 멸시하며
자기 욕심을 채우기 위해 싸우며 분주했다
그들은 오직 금식이라는 의식(儀式)을 형식적으로 여겼다

불쌍하고 가난한 자들을 돌보는 참된 금식을 할 때에
항상 인도하여 주시고
영혼과 육신을 건강하게 지켜 주시고
생명력을 넘치게 하여 주시고
후손들이 이스라엘을 회복하는 축복을 받으리로다

선지자 예레미야의 소명

"내가 너를 모태에 짓기 전에 너를 알았고
네가 배에서 나오기 전에 너를 성별하였고
너를 여러 나라의 선지자로 세웠노라"(렘1: 5)

예레미야는 아직 어려 못 하겠다고 하니
하나님이 너는 어리지 아니 하니 보내는 자에게로 가서
명령하는 말을 하라고 하신다

베냐민 땅 아나돗의 제사장 힐기야의 아들 예레미야가
유다 왕 여호야김(18대), 여호야긴(19대),
시드기야(20대)를 거쳐 바벨론에 의하여
예루살렘이 함락될 때까지 40여 년 선지자로 활동했다

여호와께서 살구나무를 보이시며 내 말은 이루어질 것이며
끓는 가마를 보이시며 재앙이 북방에서 일어나
유다와 예루살렘 성을 치리라고 알려 주셨다

이 일을 유다 왕과 제사장과 백성들 앞에 말하여
견고한 성읍이 되게 미리 방비를 하면 그들이 도망가리니
이는 하나님께서 함께하셔서 구원을 받을 것이라 하셨다

유다와 예루살렘에 대한 경고

"야곱의 집과 이스라엘의 집 모든 족속들아
여호와의 말씀을 들으라 나 여호와가 이같이 말하노라
너희 조상들이 내게서 무슨 불의함을 보았기에
나를 멀리 하고 가서 헛된 것을 따라 헛되이 행하였느냐" (렘2: 4-5)

유다와 예루살렘 사람들아
묵은 땅을 갈고 가시덤불에 파종하지 말라

보라 내가 이 백성에게 쑥을 먹이며 독한 물을 마시게 하고
그들과 그들 조상이 알지 못하던 여러 나라 가운데에
그들을 흩어버리고 진멸되기까지 그 뒤로 칼을 보내리라

네가 만일 돌아오면 내가 너를 다시 이끌어 내 앞에 세울 것이며
헛된 것을 버리고 귀한 것을 말한다면 나의 힘이 될 것이다

내가 내 양떼의 남은 것을 그 몰려갔던 모든 지방에서 모아
다시 그 우리로 돌아오게 하리니 그들의 생육이 번성할 것이며
내가 그들을 기르는 목자들을 그들 위에 세우리니
그들이 다시는 두려워하거나 놀라거나 잃어버리지 아니 하리라

구원하지 못할 나라를 바라보도다

"우리가 헛되이 도움을 바라므로 우리의 눈이 상함이여
우리를 구원하지 못할 나라를 바라보고 바라보았도다" (애4: 17)

베냐민 땅 제사장 힐기야의 아들 예레미야 선지자가
예루살렘 성이 함락됨은 바벨론의 침공 때문이지만
불순종한 자기 백성에 대한 하나님의 노하심을 밝히며
여호와께서 이스라엘을 주께로 돌이키신 옛적 같기를
애원하고 있도다

하나님을 무시하고 언제나 헛된 구원에만 집착해 있는
유다 백성들을 책망하고 있도다
그들은 포위된 상황에서도 애굽인들만 바라보았으며
세상 왕의 그늘을 신뢰하고 있었도다

우리를 구원하지 못할 헛된 것을 바라보지 말고
우리를 구원하여 주신 주님만을 바라보며
나라와 교회를 위하여 예레미야와 같이 애원하고 싶도다

의인도 자기의 생명만 건지리라

"비록 노아, 다니엘, 욥 이 세 사람이 거기에 있을지라도
그들은 자기의 공의로 자기의 생명만 건지리라
나 주 여호와의 말이니라" (겔14: 14)

여호와께서 에스겔에게 어떤 나라가 내게 범죄함으로
내가 양식을 끊어 기근을 내려 사람과 짐승들을
그 나라에서 끊는다 하여도
당대에 믿음과 성결함과 의로움으로 알려진
노아, 다니엘, 욥이라도 자기의 생명만 구원한다

노아는 심판 때에 오직 자기 식구와 자신만을 구원했고
다니엘은 그의 친구 셋만을 구원하였고
욥은 자녀조차도 한 명도 구원하지 못하였도다

이스라엘의 타락은 누구의 중보기도라도
구원할 수 없는 상태에 이르렀도다

가증한 예루살렘

"그러나 네가 네 화려함을 믿고 네 명성을 가지고 행음하되
지나가는 모든 자와 더불어 음란을 많이 행함으로
네 몸이 그들의 것이 되도다" (겔16: 15)

하나님께서는 이들을 은혜로 감싸주었음에도 하나님을 반역한 것이
얼마나 가증스러운 불신앙이었음을 다양한 비유를 들어 설명한다
예루살렘은 유다의 영혼이었고 자랑과 권위의 원천이었다

하나님은 예루살렘이 아주 어렸을 때 받아 안으셨으며
결혼할 나이가 될 때까지 고이 길러주셨다
또한 예루살렘을 성숙한 여인으로 길러 값진 보석으로 치장해 주었다

그러나 예루살렘은 하나님의 아름답고 사랑스러운 아내가 된 후에
갑자기 음란을 행하여 남편에 대한 정조를 잃어 버렸다
예루살렘은 심지어 자식을 우상제물로 바치기까지 하였다

예루살렘은 자기를 자랑할 만한 이유가 조금도 없었다
오직 하나님의 은혜로 선택되었기 때문이다
그러므로 유다 백성들의 배후에는
항상 하나님이 그 주도권을 가지고 계시다는 사실을
염두에 두고 있어야 했도다

이스라엘의 반역

"내가 광야에서 그들의 자손에게 이르기를
너희 조상들의 율례를 따르지 말며
그 규례를 지키지 말며
그 우상들로 말미암아 스스로 더럽히지 말라" (겔20: 18)

이스라엘의 전역사(全歷史)는
하나님을 섬기기보다는 다른 이방들처럼 반항의 역사였다
출애굽 세대들과 마찬가지로
그들의 자손 역시 광야에서 패역한 길을 걸어왔으며
가나안 땅에 정착한 후에도
악한 길에서 돌아설 줄 몰랐다

이처럼 이스라엘의 역사는
항상 하나님의 심판 아래 있는
죄악의 역사가 되어 버렸다

반면에 하나님의 모든 역사는
세계 모든 나라에서 이스라엘을 통한 구원사역과
또한 하나님의 거룩하신 이름을
드러내시는 역사였도다

선지자 제사장 고관들과 백성들의 죄

"여호와의 말씀이 내게 임하여 이르시되
인자야 너는 그에게 이르기를
너는 정결함을 얻지 못한 땅이요
진노의 날에 비를 얻지 못한 땅이로다 하라" (겔22: 23- 24)

선지자들은 거짓 평화를 전하여 백성들을 기만하였고
탐욕에 가득 차서 성직을 자신의 사욕을 채우는 도구로
전락시켜 버렸다

제사장들은 스스로 범죄하여 하나님을 모독하였을 뿐만 아니라
백성들까지 거룩한 것과 속된 것을 구별할 수 없을 정도로
타락하게 만들었다

유다의 고위고관들은 부정과 불의로 백성들의 피를 팔아
부당한 이익을 취하였고
이를 위하여 무고한 생명을 빼앗는 것도 서슴지 않았다

백성들은 정신적 영적으로 의지할 곳을 잃고
감화를 받지 못하여 육신의 탐욕과 정욕대로 살게 되었고
자기 만족을 채우기 위하여 수단과 방법을 가리지 아니 하여
모든 율법과 사회질서는 파괴되고 죄악이 넘쳐 흘렀도다

다니엘의 세 친구들과 다니엘의 믿음

"왕이여 우리가 섬기는 하나님이 계시다면
우리를 맹렬히 타는 풀무 불 가운데에서
능히 건져 내시겠고 왕의 손에서도 건져 내시리이다
그렇게 하지 아니 하실지라도
왕이여 우리가 왕의 신들을 섬기지도 아니 하고
왕이 세우신 금 신상에게 절하지도 아니 할 줄 아옵소서" (단3: 17-18)

유다 왕 여호야김(18대) 때 바벨론 왕 느브갓네살이
예루살렘에 쳐들어와 유다 왕과 그 왕족과 귀족 중
흠 없고 용모가 아름답고 지혜와 지식과 학문이 익숙한
다니엘과 그의 세 친구 하나냐, 미사엘, 아사랴도 함께 끌려가
왕궁 안에서 그곳의 학문을 교육받아 그들의 학문과 지식이 뛰어났다

그들은 우상 앞에 봉헌했던 제물을 먹지 아니 하니
하나님께서 이들에게 지혜를 주셔 학문을 깨닫게 하시고
다니엘에게는 모든 환상과 꿈을 깨달아 알게 하셨다

느브갓네살 왕은 셋 모두를 풀무 불 가운데 던졌으나 하나님은
그들이 아무런 해도 받지 않게 하시어 구원해 주셨도다

"다니엘이 이 조서에 왕의 도장이 찍힌 것을 알고도
자기 집에 돌아가서는 윗방에 올라가 예루살렘으로 향한 창문을 열고

전에 하던 대로 하루 세 번씩 무릎을 꿇고 기도하며
그의 하나님께 감사하였더라" (단6: 10)

바벨론의 새로운 왕이 된 다리오 왕은 다니엘이 마음이 민첩하여
총리들과 고관들보다 뛰어남으로
전국을 다스리는 가장 높은 자리에 임명하니
총리들과 방백들이 이를 시기하여

왕으로 하여금 이제부터 30일 동안 누구든지 왕 이외에 사람에게
기도하지 못하도록 금령을 내리게 함으로써
다니엘을 함정에 빠뜨리고자 하였다

믿음에 충실했던 다니엘은
그 벌로 사자 굴에 떨어졌으나
아무런 해도 입지 않고 나오게 되었다

다니엘의 세 친구들과 다니엘의 믿음은
풀무 불과 사자들도 태우거나 깨물지 못하였도다

마른 뼈들이 살아나다

"이에 내가 명령을 따라 대언하니
대언할 때에 소리가 나고 움직이며
이 뼈 저 뼈가 들어맞아 뼈들이 서로 연결되더라" (겔37: 7)

마른 뼈에 대한 환상은
이스라엘의 장래에 대해 예언하여 주고 있다

마른 뼈는 포로로 잡혀 온 이스라엘 백성을 상징하니
그들은 당시 10년 이상이나 포로생활을 하고 있었으므로
그들이 처음 도착했을 때에 가졌던 소망은 이제 사라져 버렸다
그들의 상태는 마치 살아날 소망이 전혀 없는 마른 뼈와 같았다

그러나 이스라엘의 회복은 흩어졌던 마른 뼈들이
다시 모여 새 생명을 얻는 것 같다
하나님께서 자신의 성령을 그들에게 부어 주실 것이기 때문이다
그들은 새 마음과 새 영은 물론 새로운 육신을 갖게 될 것이로다

여호와께서 백성과 제사장을 심판하시다

"내 백성이 지식이 없으므로 망하는도다
네가 지식을 버렸으니 나도 너를 버려
내 제사장이 되지 못하게 할 것이요
네가 네 하나님의 율법을 잊었으니
나도 네 자녀들을 잊어버리리라" (호4: 6)

북 이스라엘 왕 여로보암 2세(13대) 시대에
브에리의 아들 호세아가 여호와의 말씀을 전하고 있다

호세아는 이스라엘의 총체적인 죄악상을 지적한 다음
제사장의 타락으로 자연스럽게 백성의 죄악을 조장한
사실을 기술하고 있다

하나님의 율법을 잊어버린 백성들은
하나님을 알려고 노력하지 아니 하여
하나님이 네 자녀들을 잊어버리고

이러한 백성들을
신앙적으로 바르게 교훈하지 못한 제사장들은
제사장을 못하게 하리로다

여호와의 진노가 떠나다

"내가 그들의 반역을 고치고 기쁘게 그들을 사랑하리니
나의 진노가 그에게서 떠났음이니라
내가 이스라엘에게 이슬과 같으리니
그가 백합화와 같이 피겠고
레바논 백향목같이 뿌리가 박힐 것이리" (호14: 4-5)

호세아 선지자가 이스라엘을 향하여
너희가 불의함으로 엎드러졌으니
여호와께 돌아와 모든 불의를 버리고
선한 바를 받으면
앗수르의 구원을 의지하지 아니 하며
손으로 만든 것을 신이라 하지 아니 하리니

너희는 긍휼을 얻게 되어 여호와의 진노하심이 떠나
이스라엘을 백합화 백향목같이 되게 하리로다

농사를 망친 농부들의 애곡

"늙은 자들아 너희는 이것을 들을지어다
땅의 모든 주민들아 너희는 귀를 기울일지어다
너희의 날에나 너희 조상들의 날에 이런 일이 있었느냐

너희는 이 일을 너희 자녀에게 말하고
너희 자녀는 자기 자녀에게 말하고
그 자녀는 후세에 말할 것이니라

팥중이가 남긴 것을 메뚜기가 먹고
메뚜기가 남긴 것을 느치가 먹고
느치가 남긴 것을 황충이 먹었도다" (욜1: 2-4)

브두엘의 아들 요엘이 하나님의 말씀을
모든 유다인들과 이방인에게 선포하고 있다
요엘 선지자는 이스라엘에게 임할 메뚜기의 재앙을 통하여
이미 임한 여호와의 재앙이 어떠한 것인가를 암시하도다

내 영을 만민에게 부어주리니

"그 후에 내가 내 영을 만민에게 부어주리니
너희 자녀들이 장래 일을 말할 것이며
너희 늙은이는 꿈을 꾸며
너희 젊은이는 이상(異像)을 볼 것이며
그때에 내가 또 내 영을 남종과 여종에게 부어 줄 것이며
내가 이적(異蹟)을 하늘과 땅에 베풀리니
곧 피와 불과 연기 기둥이라
여호와의 크고 두려운 날이 이르기 전에
해가 어두워지고 달이 핏빛같이 변하려니와
누구든지 여호와의 이름을 부르는 자는 구원을 얻으리니
이는 나 여호와의 말대로 시온 산과 예루살렘에서
피할 자가 있을 것임이요
남은 자 중에 나 여호와의 부름을 받을 자가 있을 것임이니라" (욜 2: 28-32)

요엘 선지자는 하나님이 그 백성을 다시 세우시라는 것과
그 대적을 심판하시리라는 사실을 두 가지 차원에서 예언한다
하나는 물질적인 차원이요(2:18-27),
다른 하나는 영적인 차원인 본문의 내용(2: 28-32)이다
하나님의 말씀대로 예루살렘에서 피하여 남은 자 있을 것임으로
누구든지 여호와의 이름을 부르는 자는 구원을 받으리로다

이스라엘에게 임할 하나님의 심판

"그가 이르되
여호와께서 시온에서부터 부르짖으시며
예루살렘에서부터 소리를 내시리니
목자의 초장이 마르고 갈멜 산꼭대기가 마르리로다" (암1: 2)

베들레헴 남쪽 드고아 고원에서 목축하며 뽕나무를 재배하던
아모스가 하나님의 부르심을 받자 누리던 삶을 버리고
태어나 살아온 유다를 떠나 북이스라엘의 사마리아로 가서
이스라엘에 임할 하나님의 심판을 전하고 있다

하나님께서는 북이스라엘 왕 여로보암 2세(13대) 시대에
물질적 풍요로 극도로 타락한 그들에게
지진을 통하여 심판을 경고하셨고
아모스를 통하여 예배의 중심지가 예루살렘임을 밝히시며
북이스라엘에 대하여 임할 하나님의 심판을 분명하게 예고하셨도다

회복하여 사는 길

"처녀 이스라엘이 엎드러졌음이여 다시 일어나지 못하리로다
자기 땅에 던지움이여 일으킬 자 없으리로다"(암5: 2)

아모스 선지자는 세 편의 설교 중 마지막에
이스라엘의 멸망을 슬퍼 애곡하며
이스라엘의 회복의 방법 곧 살길을
구체적인 방법으로 일러주고 있도다

첫째는 여호와를 찾는 것이다
너희는 나를 찾으라 그리하면 살리라(5: 4)
벧엘, 길갈, 브엘세바로 나아가면 비참하게 될 것이다

둘째는 선을 구하고 악을 구하지 말지어다(5: 14)
여호와 하나님께서 너희와 함께 하시리라

셋째는 오직 정의를 물같이,
공의를 마르지 않는 강같이 흐르게 할지어다(5:24)

아모스는 하나님의 말씀을
강력하게 권고하고 있도다

여호와께서 에돔을 심판하시다

"오바댜의 묵시라
주 여호와께서 에돔에 대하여 이와 같이 말씀하시니라
우리가 여호와께로 말미암아 소식을 들었나니
곧 사자가 나라들 가운데에 보내심을 받고 이르기를
너희는 일어날지어다 우리가 일어나서 그와 싸우자 하는 것이니라" (옵1: 1)

신원이 밝혀지지 아니 한 오바댜라 하는 사람이 유다에서
에돔 족속을 향하여 그의 파멸과 유다의 회복을 선포하고
하나님의 공의와 지엄하심을 드러내려고 기록한 묵시이다

에돔 족속의 조상은 에서이니 야곱의 형이라 가까운 사인데
에돔은 유다에 대하여 포악하고
유다의 멸망을 기뻐하였고
물건을 약탈하였으며
도피하는 형제들을 붙잡아 넘기었으니
에돔은 결코 하나님의 심판을 받을 것이로다

회개하면 용서하시는 하나님

"여호와의 말씀이 아밋대의 아들 요나에게 임하니라 이르시되
너는 일어나 저 큰 성읍 니느웨로 가서 그것을 향하여 외치라
그 악독이 내 앞에 상달되었음이니라 하시니라"(욘1: 1-2)

요나는 니느웨로 가라는 하나님의 명령을 어기고
다시스로 도망하였으니 이는 이스라엘만이
하나님의 선택 받은 민족이라고 잘못 알았기 때문이었다

하나님은 요나가 탄 배가 바다 가운데 이르렀을 때에
큰 폭풍을 내리시어 그 배의 사공들이 그를 바다에 던지고
물고기의 뱃속에서 철저히 회개하자 육지에 토하게 하였다

구원을 경험한 요나가 다시 하나님의 명령을 받아
니느웨 성읍에 들어가 하루 동안 다니며
40일이 지나면 니느웨가 무너지리라고 외쳤다

니느웨 사람들이 하나님을 믿고 금식을 선포하고
높고 낮은 자를 막론하고 굵은 베옷을 입은지라
왕이 보좌에서 일어나 왕복을 벗고 베옷을 입고
재위에 앉은지라

"하나님이 그들이 행한 것 곧 그 악한 길에서 돌이켜 떠난 것을

보시고 하나님의 뜻을 돌이키사 그들에게 내리리라고 말씀하신
재앙을 내리지 아니 하시니라"(욘3: 10)

요나는 이방민족인 니느웨를 용서하여 주시는
하나님을 매우 싫어하며 성을 내면서
내 생명을 거두어 가소서 사는 것보다 죽는 것이 낫다 한다

요나가 하나님은 이스라엘만을 위한 분이 아니라
만백성을 위한 분이심을 요나에게 알려 주시기 위하여
박 넝쿨의 경험을 일러 주었어도 깨닫지를 못하고 있었다

정말 중요한 일은 잠시의 불편함이 아니라
하나님을 알지 못하고 죽어갈 니느웨 성읍의
12만 명의 영혼이었다

정말 중요한 일이 무엇인지 모르고
우왕좌왕대는 요나의 모습을 보며
회개하면 용서하시는 하나님의 자비를
찬송하리로다

여호와께 속할 나라

"오직 시온 산에서 피할 자가 있으리니
그 산이 거룩할 것이요
야곱 족속은 자기 기업을 누릴 것이며
야곱 족속은 불이 될 것이며
요셉 족속은 불꽃이 될 것이요
에서 족속은 지푸라기가 될 것이라
그들이 그들 위에 붙어서 그들을 불사를 것인즉
에서 족속에 남은 자가 없으리니
여호와께서 말씀하셨음이라" (옵1: 17-18)

시온 산은 에서의 산 위에 우뚝 서게 될 것이니
이는 뛰어나신 메시야를 예견할 수 있도다

"구원 받을 자들이 시온 산에 올라와서
에서의 산을 심판하리니
나라가 여호와께 속하리라" (옵1: 21)

주 예수 그리스도께서 세상에 오서
그를 주로 믿는 자는 누구든지
하나님의 나라 백성이 될 것이로다

야곱의 허물, 이스라엘의 죄

"백성들아 너희는 다 들을지어다
땅과 거기에 있는 모든 것들아 자세히 들을지어다
주 여호와께서 너희에 대하여 증언하시되
곧 주께서 성전에서 그리하실 것이니라"(미1: 2)

유다 왕 요담(11대), 아하스(12대), 히스기야(13대) 시대에
모레셋 사람 미가 선지자가 북이스라엘과 남유다에 관하여
본 묵시로다

여호와께서 그의 처소에서 나오시고 강림하사
땅의 높은 곳을 밟으실 것이라
그 아래에서 산들이 녹고 골짜기들이 갈라지기를
불 앞에 밀초 같고
비탈로 쏟아지는 물 같을 것이니

이는 북이스라엘과 남유다가
하나님께서 모세를 통하여 이스라엘 자손에게
산당들을 파괴할 것을 명하셨으나
가나안 정복 후
그들은 산당을 중심으로 우상을 숭배하고
음행을 저지른 바 심판을 받는도다

구원하시는 하나님

"오직 나는 여호와를 우러러보며
나를 구원하시는 하나님을 바라보나니
나의 하나님이 나에게 귀를 기울이시리로다

니의 대적이여 나로 말미암아 기뻐하지 말지어다
나는 엎드러질지라도 일어날 것이요
어두운 데에 앉을지라도
여호와께서 나의 빛이 되실 것임이로다

내가 여호와께 범죄하였으니 그의 진노를 당하려니와
마침내 주께서 나를 위하여 논쟁하시고 심판하시며
주께서 나를 인도하사 광명에 이르게 하시리니
내가 그의 공의를 보리로다" (미7: 7-9)

선지자 미가는 예루살렘의 권세 있는 사람들을 만나보았으나
이들은 물론 어디로 향하는 온통 부패하고 거짓된 사람들이라
이러한 암울한 세상에서 하나님만이 신실한 자들을 돌보심을
확신하고 오직 하나님만을 우러러 볼 것이라고 다짐을 하도다

니느웨에 대한 여호와의 진노

"여호와는 질투하시며 보복하시는 하나님이시니라
여호와는 보복하시며 진노하시되
자기를 거스르는 자에게 여호와는 보복하시며
자기를 대적하는 자에게 진노를 품으시며

여호와는 노하기를 더디 하시며 권능이 크시며
벌 받을 자를 결코 내버려두지 아니 하시느니라
여호와의 길은 회오리바람과 광풍에 있고
구름은 그의 발의 티끌이로다" (나1: 2-3)

남유다 엘고스에서 태어난 에슬리의 아들
나훔 선지자는 앗수르 민족과 니느웨 백성에게
요나보다 150년 후에 그 멸망을 경고하고 있다

니느웨는 멸망 직전에 요나의 선교를 통하여
하나님의 은혜로 심판을 면했으나
이제는 압제, 잔인, 우상숭배, 악행으로
더 이상 심판을 면할 수 없는 상태에 이르렀도다

니느웨의 멸망

"파괴하는 자가 너를 치러 올라왔나니
너는 산성을 지키며 길을 파수하며
네 허리를 견고히 묶고 네 힘을 크게 굳게 할지어다

여호와께서 야곱의 영광을 회복하시되
이스라엘의 영광 같게 하시나니
이는 약탈자들이 약탈하였고
또 그들의 포도나무 가지를 없이 하였음이라" (나2: 1-2)

하나님께서 앗수르(니느웨)를 메대와 바벨론의 연합군에 의해
멸망시켜 역사 속에 사라지게 하셨으니
이는 하나님의 도구로 쓰였던 그들이 심판을 받는 모습이로다

니느웨 성의 멸망은 거짓, 포악, 탈취, 살육 때문이라
앗수르는 자기들이 하나님의 도구임을 모르고
이스라엘과 주변의 나라들을 압제하였던 것이로다

여호와의 영광을 인정하는 것

"피로 성읍을 건설하며 불의로 성을 건축하는 자에게 화 있을진저
민족들이 불탈 것으로 수고하는 것과
나라들이 헛된 일로 피곤하게 되는 것이
만군의 여호와께로 말미암음이 아니냐
이는 물이 바다를 덮음같이
여호와의 영광을 인정하는 것이 세상에 가득함이니라" (합2: 12-14)

신원을 알 길 없는 선지자 하박국(껴안다)은
불의한 자가 번영하고 의로운 자가 고통당하는
불합리한 현실에 대한 회의(懷疑) 끝에 받은
하나님의 응답을 유다 백성을 위하여 기록하였다

바벨론 궁정과 사원들이 보기에는 찬란하여
바벨론이 함락되리라 생각조차 못하였으나
하나님은 그런 헛된 영광을 보시지 아니 하시고
그들이 살육한 수많은 사람의 피를 보시고
그들을 멸망하리라는 선포를 하셨도다

여호와의 영광은 바벨론을 멸하실 때에 나타날
하나님의 크신 능력이요
약속된 구세주가 오셔서 복음이
온 세상에 전파됨으로 나타날 영광이로다

내 입술이 떨렸도다

"내가 들었으므로 내 창자가 흔들렸고
그 목소리로 말미암아 내 입술이 떨렸도다
무리가 우리를 치러 올라오는 환난 날을
내가 기다리므로 썩히는 것이 내 뼈에 들어왔으며
내 몸은 내 처소에서 떨리는도다"(합3: 16)

하박국 선지자는 자기가 본 환상 때문에
극도로 떨려 불안하였으나
구원이 지연되고 있고 유다가 함락을 당할지라도
하나님께서 때가 되면 틀림없이
이스라엘을 구원하시리라는 믿음 때문에
조용히 기다릴 수 있었도다

여호와로 말미암아 즐거워하며
나의 구원의 하나님으로 말미암아 기뻐하리로다

여호와의 날

"여호와께서 이르시되
내가 땅 위에서 모든 것을 진멸하리라
내가 사람과 짐승을 진멸하고
공중의 새와 바다의 고기와 거치게 하는 것과
악인들을 아울러 진멸할 것이라
내가 사람을 땅 위에서 멸절하리라
나 여호와의 말이니라" (습1: 2-3)

스바냐 선지자는 유다의 왕족 출신으로
경건한 왕 히스기야(13대)의 현손(玄孫)이다
그 뒤를 이은 므낫세 왕(14대)과 아몬 왕(15대)은
극히 악하고 우상숭배를 한 왕들이었고
나훔 선지자가 예언한 지 50여 년 후인
요시야 왕(16대) 재위 초기에 스바냐는 예언을 했다

유다 나라 안에 온갖 악습과 사회적 불의와
도덕적 부패가 극심하였다
스바냐는 유다와 열국들에게 여호와의 날을 선포하여
그들에게 닥칠 심판과 구원을 예언하고 있도다

여러 백성의 입술을 깨끗하게 하여

"그 때에 내가 여러 백성의 입술을 깨끗하게 하여
그들이 다 여호와의 이름을 부르며
한 가지로 나를 섬기게 하리니
내게 구하는 백성들 곧 내가 흩은 자의 딸이
구스 강 건너 편에서부터 예물을 가지고 와서
내게 바칠지라" (습3: 9-10)

하나님께서 자기 백성들과 열방 백성 가운데서
순수한 예배를 회복시킬 것이라는 메시지이다

하나님은 거룩하시고 우리는 죄인이기 때문에
우리 자신의 공로에 의해서는 하나님께 나아갈 수 없다
더구나 우리의 입은 세상의 거짓된 우상을 숭배하면서
한층 더러워졌기 때문에 더욱 그렇다

그러나 하나님은 우리의 입술을 정결케 하시겠다고
약속을 하여 주셨다
비로소 우리는 그 정결한 입술로 하나님의 거룩한 이름을
부르면서 참된 예배를 드릴 수 있도다

나중 영광이 이전 영광보다 크리라

"만군의 여호와가 이같이 말하노라
조금 있으면 내가 하늘과 땅과 바다와 육지를 진동시킬 것이요
또한 모든 나라를 진동시킬 것이며
모든 나라 보배가 이르리니 내가 이 성전에 영광이 충만하게 하리라
만군의 여호와의 말이니라
은도 내 것이요 금도 내 것이니라
만군의 여호와의 말이니라
이 성전의 나중 영광이 이전 영광보다 크리라
만군의 여호와의 말이니라
내가 이곳에 평강을 주리라
만군의 여호와의 말이니라" (학2: 6-9)

성전 재건을 마친 후에 하나님이 선지자 학개를 통하여 주신
위로와 축복의 말씀이로다
구세주 예수 그리스도께서 오셔 하나님의 나라를 베푸실 예언이로다

우리는 예수 그리스도의 터 위에 살아있는 돌들로 세워진 성전
이 성전은 성령님을 모시고 있는 바로 우리입니다 (고전6: 19-20)

이 성전에 오셔서 평강을 주시고
항상 경배와 찬송을 받으소서 받으시옵소서

스가랴가 본 여러 환상

"다리오 왕 제 2년 11째 달 곧 스밧월 이십사 일에
잇도의 손자 베레갸의 아들 스가랴에게
여호와의 말씀이 임하니라" (슥1: 7)

성전 건축을 독려한 스가랴 선지자는 성전 건축하는 일이
장차 오실 메시야를 준비하는 거룩한 사역임을 일깨워 주려고
그리스도에 관한 여러 환상(Vision)을 보여주었도다

붉은 말 탄 자는 그리스도로 열방에 대한 심판과 이스라엘의 재건을,
네 뿔과 네 대장장이는 세상의 네 세력을 심판할 하나님의 사자를,
측량줄을 잡은 사람은 장차 하나님께서 예루살렘을 영화로울 재건을,
성결한 옷을 입은 대제사장은 하나님의 백성이 의롭다 함을 받을 것을,
순금 등대와 두 감람나무는 스룹바벨과 여호수아에게 주실 능력을,
날아가는 두루마리는 각 사람이 지은 죄에 대한 하나님의 심판과 저주,
광주리 가운데 앉은 여인은 죄와 반역의 상징이 바벨론으로 옮겨질 것,
네 병거는 온 땅 위에 임할 하나님의 심판을 상징하도다

환상은 하나님의 계시가 임하는 통로이며
그 환상을 통하여 주어진 내용은 하나님의 말씀이므로 진리로다
하나님을 경외하는 경건한 백성은 환상을 통하여
미래의 일들에 확신을 가지며 용기를 얻고 소망을 갖도다

구원을 베풀 왕

"시온의 딸아 크게 기뻐할지어다
예루살렘의 딸아 즐거이 부를지어다
보라 네 왕이 네게 임하시나니
그는 공의로우시며 구원을 베푸시며
겸손하여서 나귀를 타시나니 나귀의 작은 것
곧 나귀 새끼니라" (슥9: 9)

선지자 스가랴는 하나님께서 이스라엘의 회복을
약속하신 것을 확증하기 위하여
'만군의 여호와가 말하노라' 는 말씀을 계속 반복하며

열 방의 파멸에 대한 예언으로 알렉산더 대왕이
수리야, 베나게, 불레셋에 대한 예언을 하면서
하나님의 백성은 안전할 것임을 보여주고 있다

메시야로 오시는 분은 나귀를 타신 왕으로
전쟁을 종식시키고 세상을 화평케 하시는 통치자로
하나님의 백성에게 승리와 축복을 가져다주시는
주 예수 그리스도이시니
주님의 오심으로 성취되고
재림으로 하늘나라가 완성하실 왕이시로다

이제는 찌른 바 그를 위해 살게 하소서

"내가 다윗의 집과 예루살렘 주민에게
은총과 간구하는 심령을 부어주리니
그들이 그 찌른 바 그를 바라보고
그를 위하여 애통하기를 독자를 위하여 애통하듯 하며
그를 위하여 통곡하기를 장자를 위하여 통곡하듯 하리로다" (슥12: 10)

성령의 역사로
내 마음 속에 은총과 간구하는 심령을 부어주시어
내 마음이 근본적으로 변화함을 받아
십자가에 못 박힌 주님을 애통하는 마음으로 바라보게 하소서

죄 없으신 주님을 십자가에 못 박았고
창끝으로 옆구리를 찔렀으니
그 아파하시는 주님을 바라보며 내 죄를 회개하고 통곡하게 하소서

주님 내 죄로 대신 죽으심으로
새 생명을 얻게 되었음을 깨달아
이제부터는 오직 내가 찌른 바
그 주님을 위하여 살아가게 하소서

주님은 공의로우신 하나님

"너희가 말로 여호와를 괴롭게 하고도 이르기를
우리가 어떻게 여호와를 괴롭혀 드렸나이까 하는도다
이는 너희가 말하기를 모든 악을 행하는 자는
여호와의 눈에 좋게 보이며 그에게 기쁨이 된다 하며
또 말하기를 정의의 하나님이 어디 계시냐 함이니라" (말2: 17)

우리는 악한 상황에 직면할 때마다
도대체 하나님의 공의가 어디에 있나 한다
말라기 시대의 유대 사람들도
악한 자들이 처벌받지 않는 것을 보고 불평을 했다

우리는 이해할 수 없는 불의한 상황에 직면할 때에도
하나님의 공의를 의심하여서는 아니 되도다
공의에 대한 우리의 이해에는 한계가 있도다

주님은
공의로우신 하나님이시로다

사람을 더럽게 하는 것

"입으로 들어가는 것이
사람을 더럽게 하는 것이 아니라
입에서 나오는 그것이
사람을 더럽게 하는 것이니라" (마15: 11)

예수께서 베드로에게 대답하여 이르시되
입으로 들어가는 모든 것은
배로 들어가서 뒤로 내버려지고
입에서 나오는 것들은 마음에서 나오나니

마음에서 나오는 것은
악한 생각과 간음과 음란과 도둑질과
거짓 증언과 비방이니
이런 것들이 사람을 더럽게 하는 것이다

입으로 먹는 음식물이나
그 음식물을 씻지 않은 손으로 먹는 것은
사람을 더럽게 하지 아니 하도다

그들이 행하는 행위는 본받지 말라

"서기관들과 바리새인들이 모세의 자리에 앉았으니
그러므로 무엇이든지 그들이 말하는 바는 행하고 지키되
그들이 행하는 행위는 본받지 말라" (마23: 2-3)

당시 율법을 가르치는 교사들이
율법을 그대로 말하니 이 말하는 바는
너희가 행하고 지키되
그들은 자기가 설교한 대로 행하지를 아니 하니
그 행동은 본받지 말라고 예수님은 말씀하신다

제사장 겸 율법학사 에스라는
총독 느헤미야의 초청을 받아 하나님의 율법책을 낭독하고
그 뜻을 자세히 풀어주어
백성에게 그 낭독하는 것을 다 깨닫게 하니
백성이 율법의 말씀을 듣고 다 감동을 받아 울었다 (느8: 8-9)

오늘날 우리는 그 많은 방법을 통하여
설교를 듣고 보고 있지만
깨닫기 힘든 설교, 행하지 않는 설교
아직도 사라지지 아니 하고 있도다

감추인 것이 없느니라

"드러내려 하지 않고는 숨긴 것이 없고
나타내려 하지 않고는 감추인 것이 없느니라"(막4: 22)

숨은 것이 장차 드러나지 않을 것이 없고
감추인 것이 장차 알려지고 나타나지 않을 것이 없느니라(눅8: 17, 마10: 26)

숨은 것은 드러나게 함이요 감추인 것은 나타내려 함이니
복음의 비밀은 한 때 숨겨져 있으나
나타낼 때를 기다리라

숨겨진 것은 드러나기 마련이고
감추인 것도 나타나기 마련이다
등불이신 예수님은 당분간 모습을 감추셨으나
언젠가는 다시 드러나게 될 것이다

예수님이 메시아시며 하나님의 아들이란 사실은
십자가에서의 죽으심과 부활로
그리고 복음전도를 통해 알려지고 있도다

예수를 잡아 십자가에 못박은 장본인

"예수께서 말씀하실 때에 곧 열둘 중의 하나인 유다가 왔는데
대제사장들과 서기관들과 장로들에게서 파송된 무리가
검과 몽치를 가지고 그와 함께 하였더라"(막14: 43)

로마시대에 유대인의 종교재판소인 산헤드린(Sanhedrin)이
전 현직 대제사장 전체, 율법과 조상들의 전통을 해석하는 서기관들,
예루살렘의 세력가, 장로들로 구성되어 있는데
예수님 당시에는 유대인의 율법에 따라 제한적으로 형사사건까지 맡아
최종재판소로서 사형선고를 내릴 수 있었으나
그 집행만은 로마 총독의 비준을 받아야 할 수 있었다

이 산헤드린의 구성원들이 파송한 무리들, 그들이
예수님을 체포하여 산헤드린 재판소에 연행하였으며
산헤드린 구성원들은
예수님에 대하여 십자가에 처형하라는 사형선고를 하고
그 사형을 집행하려고 로마총독인 빌라도의 비준을 받았다

그러므로 산헤드린에 참석했던 자들은 모두
예수님을 체포하여 십자가에 처형한 장본인이로다

모든 사람의 칭찬

"모든 사람이 너희를 칭찬하면 화가 있도다
그들의 조상들이 거짓 선지자들에게
이와 같이 하였느니라" (눅6: 26)

참 선지자는 핍박을 받으나
거짓 선지자는 오히려 칭찬을 받는다
그러나 그 핍박이나 칭찬은 모두 일시적인 것이다

참과 거짓은 현세에서도 끝내 심판을 받고
또 후에 영원한 심판을 받게 된다
'세상과 벗 된 것이 하나님과는 원수가 된다' (약4: 4)
사람들은 거짓 선지자들에게 모두 칭찬을 하였다

많은 사람들이 칭찬을 하면
내게 거짓이 있었나 살펴보고
사람들이 나를 미워해도
노여워 말고 내 행동을 살펴 볼일이다

이것이 하나님을
경외하며 살아가는 옳은 길이로다

지혜는 누구로부터 옳다 함을 얻는가

"지혜는 자기의 자녀로 인하여 옳다 함을 얻느니라" (눅7:35)

'지혜는 그 행한 일로 인하여 옳다 함을 얻느니라' (마11:19)
하나님의 의로움은
그것을 받아들이는 사람들에 의해 증거 되어 나타난다

하나님의 진리는 그 업적으로 옳다는 인정을 얻을 것이다
그리스도의 자비는 제자들과 세리 등
하나님을 의롭다 한 사람들이 옳다는 인정을 할 것이다

결국 그리스도나 세례 요한은
그를 환영한 제자들로 인하여
옳다 하는 인정을 받을 것이지
하나님의 뜻을 저버리는 바리새인들에게는
옳다 함을 얻지 못하도다

그래서 우리의 지혜는
가까이 있는 자녀들에게
옳다 함을 인정받아야 하도다

내 마음 속에 세 사람의 모습 다 들어 있다

"아버지 내가 하늘과 아버지께 죄를 지었사오니
지금부터는 아버지의 아들이라 일컬음을 감당하지 못하겠나이다
나를 품꾼의 하나로 보소서" (눅15: 21)

"내가 여러 해 아버지를 섬겨 명을 어김이 없거늘
내게는 염소 새끼라도 주어 나와 내 벗으로 즐기게 하신 일이 없더니
아버지의 살림을 창녀들과 함께 삼켜버린 이 아들이 돌아오매
이를 위하여 살진 송아지를 잡으셨나이다" (눅15: 29-30)

"애 너는 항상 나와 함께 있으니 내 것이 다 네 것이로되
이 네 동생은 죽었다가 살아났으며
내가 잃었다가 얻었기로 우리가 즐거워하고 기뻐하는 것이 마땅하다"
(눅15: 31-32)

예수님은 잃어버린 아들을 찾은 아버지의 마음을
회개하고 돌아오기를 기다리시는
하나님 아버지의 마음에 비유로 일러주고 계시다

둘째 아들의 모습과 첫째 아들의 모습은 빈틈없이 나와 같으나
아버지의 모습은 착하게 보이는 아들딸에게만 조금 가져본다

부자와 거지

"한 부자가 있어 자색 옷과 고운 베옷을 입고
날마다 호화롭게 즐기더라
그런데 나사로라 이름하는 한 거지가
헌데 투성이로 그의 대문 앞에 버려진 채
그 부자의 상에서 떨어지는 것으로 배불리려 하매
심지어 개들이 와서 그 헌데를 핥더라" (눅16: 19-21)

거지 나사로는 죽어 천사들에게 받들려 아브라함의 품에 들어가고
부자도 죽어 장사되매 그가 음부에서 고통중이었다
그러나 나사로가 선한 일을 하여 하늘나라 백성이 된 것 아니고
부자가 거지 나사로에게 악을 행하여 지옥에 들어간 것도 아니다

나사로는 심령이 가난하여 천국 백성이 된 것이고,
애통하는 자라 위로를 받게 된 것이라고 예수님은 말씀하셨다(마5: 3-4)
부자는 모세와 선지자의 가르침을 듣고 회개하지 아니 한 연고로다
(눅16: 29-30)

가난이 의로움이 아니듯 부자도 악함이 아니다
우리는 몸과 마음이 연약하여 죄를 짓지 아니 할 수 없으나
죄를 지으면 악의 길에서 벗어나 속히 돌아와 용서를 받아야 한다

가련한 여인의 갈증을 풀어주심

"이 물을 마시는 자마다 다시 목마르려니와
내가 주는 물을 마시는 자는 영원히 목마르지 아니 하리니
내가 주는 물은 그 속에서 영생하도록 솟아나는 샘물이 되리라"

(요4: 13-14)

사마리아 땅 수가 마을 우물가에서
물을 길으러 온 사마리아 여자에게
예수님이 하신 말씀이다

에덴에서 흘러내린 생명의 강(창2: 10)
목마른 자들아 물로 나오라는 이사야의 예언(사55: 1)
척박한 땅이 소생되어 생수가 성소에서 흘러나오는 환상(겔47: 12)

오랜 염원이
영적 육적으로 메마르고 가련한 여인의 갈증을
예수 그리스도께서 풀어주시고 있도다

보게 된 맹인의 대답

"그 사람이 대답하여 이르되
이상하다 이 사람이 내 눈을 뜨게 하였으되
당신들은 그가 어디서 왔는지 알지 못하는도다

하나님이 죄인의 말을 듣지 아니 하시고
경건하여 그의 뜻대로 행하는 자의 말은
들으시는 줄을 우리가 아나이다

창세 이후로 맹인으로 난 자의 눈을 뜨게 하였다 함을
듣지 못하였으니
이 사람이 하나님께로부터 오지 아니 하였으면
아무 일도 할 수 없으리이다" (요9: 30-33)

나를 보게 하셨는데도 바리새인들은
그분이 어디서 오셨는지 모르니 이상하도다

그분은 그들이 말하는 죄인이 아니시고
보지 못하는 나의 눈을 보게 하여 주셨도다

창세 이후에 처음인 이 기적을 행하신 분은
하나님에게서 오신 분이 틀림없도다

가야바의 놀라운 말 한 마디

"한 사람이 백성을 위하여 죽어서
온 민족이 망하지 않게 되는 것이
너희에게 유익한 줄을 생각하지 아니 하도다" (요11: 50)

죽은 나사로를 살리시는 예수님의 기적을 본 많은 유대인들이 믿어
이를 본 바리새인이 공회에 알려 회원들이 예수님을 그냥 두면
로마인들이 와서 유대 땅과 민족을 빼앗아 가리라 하자
공회의 의장인 대제사장 가야바가 너희는 모른다며 한 말이다

가야바는 한 사람 곧 백성들을 선동한다고 생각되는 예수가
백성을 위하여 죽어서 온 민족이 망하지 않게 되는 것이
공회 회원들에게 유익한 줄로 생각하지 아니 한다고 나무랬다
언뜻 보면 애국자의 말 같으나 예수님을 죽이려는 음모였다

가야바는 자기도 모르는 놀라운 참된 진리의 말씀
예수님은 유대 백성들뿐만 아니라
다른 모든 사람들을 멸망으로부터 구원하시기 위하여
돌아가셔야 한다는
하나님의 말씀을 대언한 것이니
하나님의 말씀은 나타나고야 마는 진리로다

아버지와 나를 알지 못함이라

"사람들이 너희를 출교할 뿐 아니라
때가 이르면 무릇 너희를 죽이는 자가 생각하기를
이것이 하나님을 섬기는 일이라 하리라
그들이 이런 일을 할 것은 아버지와 나를 알지 못함이라" (요16: 2-3)

사람들이 너희를 회당의 예배에 영원히 참석 못하게 하고
모든 사람들과의 교제도 못하게 하는 제재를 당할 뿐만 아니라
머지않아 너희를 죽이는 자가 다 자신들의 살인행위가
희생의 제물로 바치는 예배로 여기게 되리라
그들이 이런 일을 할 것은 아버지와 나를 알지 못함이라

스스로 하나님의 선택 받은 백성이라고 자부하며
자기들만이 바로 알고 섬긴다고 자랑하던 유대인들이
실제로는 형식적이고 외식적인 율법주의자들이 되어
하나님과 예수님을 바로 알지 못하고 있도다

사도 바울도 예수님을 만나 회개하기 전까지는
성도들을 잡아 감옥에 보내는 것이 하나님께 충성이라고
열심을 다 한 것은 하나님과 예수님을 알지 못하였음이로다

못 걷게 된 이를 걷게 하다

"은과 금은 내게 없거니와 내게 있는 이것을 네게 주노니
나사렛 예수 그리스도의 이름으로 일어나 걸으라" (행3: 6)

십자가에 못 박히실 예수님을 버리고
고기 잡는 어부로 돌아갔던 베드로가
성령의 능력으로 걷지 못하는 이를 일으켰다

나면서 못 걷던 이를
나사렛 예수 그리스도의 이름으로 일어나 걸으라 하고
오른손을 잡아 일으키니 뛰어 서서 걸으며
걷기도 하고 뛰기도 하며 하나님을 찬송하였도다

성전으로 들어가면서 걷기도 하고 뛰기도 하며
하나님을 찬송한 것은
신앙과 행함의 일치의 아름다움이로다

하나님을 찬송하는 본분을 잊어버린 신자는
영적으로 걷지 못하는 자이니
이를 걷게 하는 데에는
예수님으로 말미암아 난 믿음뿐이로다

보고 들은 것 말하지 아니 할 수 없다

"하나님 앞에서 너희의 말을 듣는 것이
하나님의 말씀을 듣는 것보다 옳은가 판단하라
우리는 보고 들은 것을 말하지 아니 할 수 없다" (행4: 19-20)

공회 재판장 앞에서 베드로와 요한을 불러
예수의 이름으로 말하지도 가르치지도 말라 하자
베드로와 요한이 담대하고도 단호하게 한 말이다

너희가 우리에게 하는 이 말이
하나님의 말씀보다 옳은지 아닌지 알고나 말하라
우리는 보고 들은 옳은 것을 말하지 아니 할 수 없다

그리스의 철학자 소크라테스의 말이 생각난다
'오! 아덴 사람들이여
나는 너희들에게 복종하는 것보다
하나님께 복종하겠노라'

이 높고 깊은 영적 통찰력과 단호한 용기
분명 믿는 자들의 박해의 시작이 되었겠지만
초대교회의 불붙는 원동력이 되었으리로다

가말리엘의 놀라운 선언

"이제 내가 너희에게 말하노니
이 사람들을 상관하지 말고 버려두라
이 사상과 이 소행이 사람으로부터 났으면 무너질 것이요
만일 하나님께로부터 났으면 너희가 그들을 무너뜨릴 수 없겠고
도리어 하나님을 대적하는 자가 될까 하노라" (행5: 38-39)

사도들의 증언과 유대교권자들의 태도가 정면충돌하게 되자
율법의 영광이라 불리우는 바리새인 가말리엘이 공회 중에 일어나
자칭 선지자라며 요단강가에서 백성들을 선동하던 드다와
선택된 민족이 이방통치자에게 납세를 저항하던 갈릴리 유다는
그들 자신의 생각과 소행이라 무너졌다고 선언하고 있다

그리스도교는 오랜 핍박의 역사 속에서도
하나님께로부터 났기 때문에 무너지지 않고
핍박하는 자들은 하나님을 대적하는 자가 되어
스스로 멸망하게 될 것이라는 말씀이로다

사물을 달관(達觀)한 예지(叡智)와
종교운동을 함부로 손대지 않는 관대(寬待)와
하나님을 두려워하는 경건(敬虔)이 구비되어 있는 말씀이로다

인자가 하나님 우편에 서신 것을 보노라

"보라 하늘이 열리고 인자가 하나님 우편에 서신 것을 보노라"(행7: 56)

스데반은 공회 앞에서 당당하게 변증하며 설교를 한다
아브라함의 언약을 중심으로 이삭, 야곱, 요셉들을
모세의 율법을 해설하는 것으로 출애굽의 역사를
다윗과 솔로몬의 성전 건립을 통하여 참된 믿음으로
형식적인 의식에 빠져 메시아를 죽인 유대인의 죄를 지적한다

목이 곧고 마음과 귀에 할례 받지 못한 너희들은
너의 조상들과 같이 선지자들을 박해하였고
의인이 오시리라 예언한 자들을 죽였고
이제 너희는 그 의인을 잡아준 자요 그를 살인한 자라 한다

공회원들과 청중들이 이 말을 듣고 마음에 찔려
스데반을 향하여 이를 갈거늘
스데반이 성령 충만하여 하늘을 우러러 주목하여
하나님의 영광과 예수님께서 하나님의 우편에 서신 것을 보고
조용히 한 마디를 남기고
주 예수여 내 영혼을 받으시옵소서
주여 이 죄를 그들에게 돌리지 마옵소서 간구하며 잠 자니라

사울의 회개

"사울아 사울아 네가 어찌하여 나를 박해하느냐" (행9: 4)

사울이 예수님의 제자들을 위협하여 죽이려고
대제사장에게 청하여 다메섹 여러 회당에 가져갈 공문을 받아
그리스도교 신앙을 따르는 모든 사람들을 예루살렘으로
잡아가려고 다메섹 가까이 이르렀을 때
홀연히 하늘로부터 빛이 비추는지라 엎드러져 들은 소리이다

사울이 주여(하나님이여) 누구시니이까 하니
나는 네가 박해하는 예수라 너는 일어나 시내로 들어가라
네게 행할 것을 이를 자에게 가라 사명을 주신다

사울은 땅에서 일어나 눈을 떴으나 아무것도 보지 못하고
사람의 손에 끌려 다메섹으로 들어가 아나니아를 만나니
그가 사울에게 네가 다메섹에서 만난 예수께서 네가 다시 보게
하셨다고 말하니 사울의 눈에서 비늘 같은 것이 벗겨져
다시 보게 된지라 세례를 받고 일어나 강건해졌도다

사울은 내 이름을 이방인과 임금들과 이스라엘 자손들에게
전하기 위하여 택한 나의 그릇이라
예수님은 사울을 사도로 택하셨도다

가족이 구원 받는 길

"주 예수를 믿으라
그리하면 너와 네 집이 구원을 받으리라" (행16: 31)

사도 바울과 실라가 기도하는 곳에 가다가
점치는 귀신들린 여종이 따라와 바울과 실라를 가리켜
지극히 높은 하나님의 종으로 구원의 길을 전하는 자라며
여러 날을 귀찮게 하여 그 귀신을 쫓아내 주었더니
그 여종의 주인이 자기 수익에 손해가 되어 관리에게 신고하여
옥에 갇혀 한밤중에 기도하고 나니 큰 지진이 나서
옥문이 다 열리고 묶인 몸이 다 벗겨져
간수가 죄수들이 도망한 줄 알고 자결하려는 순간
바울이 크게 소리 질러 자살을 말려 놓았다

간수가 바울과 실라에게
선생님이여 내가 어떻게 하여야 구원을 받겠습니까 묻자
바울이 일러준 대답이다

구원 받는 길은 먼저 나와 내 가족이
예수님을 주 예수 그리스도로 믿어야
나와 내 가족이 구원을 받는 것이로다

하나님을 바로 알자

"하나님의 소생이 되었은즉
하나님을 금이나 은이나 돌에다
사람의 기술과 고안으로 새긴 것들과 같이
여길 것이 아니니라"(행17: 29)

사도 바울이 그리스의 수도 아데네 아레오바고에서
당시 그리스문화의 중심지에서
문화인들에게 설교 중에 한 말이다

하나님은 천지만물을 창조하신 분이시고
인간의 일거일동을 다 보살피시는 분이요
모든 족속을 한 혈통으로 만드신 분이시다

우리가 하나님을 힘입어 살며
존재하는 것임을 알아 하나님의 소생임을
모르는 자 되지 말고 바로 알자

당시 세계의 철학, 문화, 정치의 중심도시
아테네 사람들과 같이
지나치게 발달된 인간 문명 속에서라도
오늘 우리는 하나님을 바로 알 일이로다

주님께 받은 사명 생명보다 귀히 여기리라

"보라 이제 나는 성령에 매여 예루살렘으로 가는데
거기서 무슨 일을 당할는지 알지 못하노라
오직 성령이 각 성에서 내게 증언하여
결박과 환난이 나를 기다린다 하시나
내가 달려갈 길과 주 예수께 받은 사명
곧 하나님의 은혜의 복음을 증언하는 일을 마치려 함에는
나의 생명조차 조금도 귀한 것으로 여기지 아니 하노라" (행20: 22-24)

사도 바울이 밀레도에서 에베소 교회 장로들을 불러
그들에게 설교하면서 한 말씀이로다

바울은 다메섹 이후 성령에 사로잡혀
가는 것도(13:4), 가지 않는 것도(16:6)
성령의 지시대로 하였다

지금 예루살렘으로 가는 것도 수난의 길임을 예감하면서도
성령의 지시로 인하여 가지 않을 수 없다며
복음 전하는 일에 내 생명 아끼지 않으리라 한다

하나님의 복음

"내가 복음을 부끄러워하지 아니 하노니
이 복음은 모든 믿는 자에게 구원을 주시는 하나님의 능력이 됨이라
먼저는 유대인에게요 그리고 헬라인에게로다
복음에는 하나님의 의가 나타나서 믿음으로 믿음에 이르게 하나니
기록된 바 오직 의인은 믿음으로 말미암아 살리라 함과 같으니라"

(롬1: 16-17)

사도 바울은 로마에 있는 그리스도인에게도 복음을 전하려는 마음으로
로마나 로마교회 어느 누구에게도 복음을 부끄러워하지 아니 하노니
이 복음은 모든 인류에게 차별 없이 구원을 주시지만
믿는 자에게만 죄와 죽음에서 해방되어
신령한 몸으로 부활하여 영생을 누리게 하여 주신다
유대인은 복음을 받아들이기에 좋은데도 배척하였으므로
이제는 이방인에게 전하게 되었노라

복음이 모든 믿는 자에게 구원을 주시는 이유는
복음에는 의로우신 하나님께서 믿는 자를 의롭다 하시는
하나님의 의가 숨겨져 있다가 밝히 드러내셔서
하나님의 의에 응답하는 길은 오직 믿음으로 말미암아 살리라
함과 같이 처음도 그리고 마지막도 믿음뿐이라는 말씀이로다

자신을 하나님께 드리라

"그러므로 너희는 죄가 너희 죽을 몸을 지배하지 못하게 하여
몸의 사욕(邪慾)에 순종하지 말고
또한 너희 지체를 불의의 무기로 죄에게 내주지 말고
오직 너희 자신을 죽은 자 가운데서 다시 살아난 자같이
하나님께 드리며 너희 지체를 의의 무기로 하나님께 드리라
죄가 너희를 주장하지 못하리니
이는 너희가 법 아래 있지 아니 하고 은혜 아래에 있음이라" (롬6: 12-14)

사도 바울은 우리가 그리스도의 죽으심을 본받아 연합한 자가 되었고
그의 부활을 본받아 연합한 자가 되었으므로
너희는 죄가 너희 죽을 몸을 지배하지 못하게 하여
육신에 남아 틈틈이 간사스럽게 생기는 욕심에 끌려 다니지 말고
또한 너희 자신은 물론 자신의 지체들을 의와 진리를 대적하는
의롭지 못한 싸움에 참여하거나 무기가 되어서는 아니 된다
오직 그리스도의 감정과 의지와 이성의 전 삶이
그리스도의 지배를 받는 사람과 같이 하나님께 드리며
너희 지체를 하나님께서 의와 진리와 사랑을 위하여
사용하시는 무기로 하나님께 드리라
그리하면 죄가 너희를 주관하지 못하리니
이는 율법의 지배 아래 있지 아니 하고 은혜의 아래에 있기 때문이로다

믿음에서 난 의(義)

"그런즉 우리가 무슨 말을 하리요
의를 따르지 아니 한 이방인들이 의를 얻었으니 곧 믿음에서 난 의요
의의 법을 따라간 이스라엘은 율법에 이르지 못하였으니
어찌 그러하냐 이는 그들이 믿음을 의지하지 않고 행위를 의지함이라
부딪칠 돌에 부딪쳤느니라" (롬9: 30-32)

구원을 뜻하는 하나님의 의를 별 관심 없는 이방인들이
하나님 앞에 의롭다 하심을 들었으니 복음을 듣고 믿은 것이다
모세의 율법을 온전히 행함으로써 의에 이른다고 믿고
열렬하게 율법을 따라갔으나 이스라엘은 실패로 끝났다

그러한 데에는 분명한 이유가 있다
유대인들은 그리스도를 믿음으로
의롭다 하심을 얻으려 하지 않고
오히려 행위를 의지하였기 때문이다

예수 그리스도를 필요로 하지 않으며
그를 주님으로 믿지도 않아
실패하고 멸망할 수밖에 없었도다

이스라엘의 남은 자

"그런즉 이와 같이 지금도 은혜로 택하심을 따라
남은 자가 있느니라"(롬11: 5)

이스라엘의 불순종과 완고함 때문에
하나님은 자기 백성을 버리지 않으셨으니
나(바울)도 이스라엘인이요 아브라함의 씨에서 난
베냐민 지파 사람인데 버리지 않으셨다

은혜로 택함 받은 자가 항상 있다
하나님을 위하여 바알에게 무릎 꿇지 않은
칠천 명을 남겨둔 일도 있으시다
남은 자는 넘어지기까지 실족하지 아니 하였다

인간은 어떤 민족이나 어떤 가족의 일원이라 해서
그 조상의 의와 구원을 상속받아 구원되는 것 아니고
그 사람 개인의 믿음의 결단을 통하여 구원받는 것이로다

거룩한 산제사

"그러므로 형제들아
내가 하나님의 모든 자비하심으로 너희를 권하노니
너희 몸을 하나님이 기뻐하시는 거룩한 산 제물로 드리라
이는 너희가 드릴 영적 예배이니라"(롬12: 1)

내(바울)가 영원불변한 사랑을 지니신 하나님의 은혜로
죄인인 우리가 그리스도를 믿어 의롭다 하심을 얻은 것과
성령의 능력으로 성결의 삶을 누리게 된 것
그리고 성부 하나님의 후사로서 보장된 사실로
너희를 권하노니

너희 몸과 마음과 모든 인격을 하나님이 기뻐하시는
흠이 없고 살아있는 너희 몸을 하나님께 바쳐라
이는 너희가 드려야만 할 신령한 예배이니라

거룩한 산제사란
악한 일을 바라보지 아니 하고, 수치스러운 말을 하지 아니 하고,
불법한 일을 행하지 아니 하고, 손을 펴서 구제하고,
나를 저주하는 자를 축복하고, 하나님의 말씀에 귀를 기울이고,
모든 지체의 첫 열매를 하나님께 바치는 것이로다

8

세상에 미련한 것들을 택하사

"하나님께서 세상에 미련한 것들을 택하사
지혜 있는 자들을 부끄럽게 하려 하시고
세상에 약한 것들을 택하사
강한 것들을 부끄럽게 하시며" (고전1: 27)

기독교가 낮은 계급의 사람들 사이에서 급속하게 전파됨은
하나님의 오묘하신 섭리가 있도다
세상에서 어리석은 자, 약한 자라고 평가 받는 자들을 구원하사
지혜 있는 자, 강한 자라고 평가 받는 자들을 부끄럽게 하시도다

더 나아가 그리스도와 연합한 자가 되게 하시고
지혜 있는 자, 강한 자라 평가 받은 자들도
부끄러움을 벗어버리고
겸손하게 하나님 품으로 돌아오게 하시도다

교역자를 그리스도의 일꾼으로 여겨달라

"사람이 마땅히 우리를 그리스도의 일꾼이요
하나님의 비밀을 맡은 자로 여길지어다"(고전4: 1)

사도 바울은 고린도교회 안에
교역자와 신자 사이에 분열이 일어나자
교역자를 판단하는 기준을 제시하였다

교역자는 마땅히 그리스도의 일꾼으로
하나님의 복음전도를 맡은 자로 여겨라
그는 하나님께 충성하는 자이니
너희나 다른 사람 심지어는 나에게
판단 받는 것이 두렵지 않다

세상 사람들은 자기를 옳게 깨닫지 못하므로 교역자를 판단하니
이는 하나님 앞에 불손한 짓이로다
주님 다시 오시면 감추인 것을 드러내고
마음의 뜻을 나타내시어 각 사람에게 칭찬하시리라

교역자에 대한 판단기준은 충성인데
충성에 대한 판단을 하실 분은 하나님뿐이시니
하나님을 제쳐 놓고 판단하는 교만에 사로잡히도다

우상 숭배하는 일을 피하라

"형제들아 나는 너희가 알지 못하기를 원하지 아니 하노니
우리 조상들이 다 구름 아래 있고 바다 가운데로 지나며
모세에게 속하여 다 구름과 바다에서 세례를 받고
다 같은 신령한 음식을 먹으며 다 같은 신령한 음료를 마셨으니
이는 그들을 따르는 신령한 반석으로부터 마셨으매
그 반석은 곧 그리스도시라" (고전10: 1-4)

사도 바울은 고린도 교인들에게 특별히 중요하게 당부하길
출애굽하며 홍해를 건너 광야를 지날 때
모세를 따라 다 구름과 바다를 지나면서 신령한 물을 마셨으니
그 물이 솟아난 반석은 바로 주 그리스도이시다 한다

그러나 하나님이 그들 중에 대부분을 기뻐하지 아니 하셔
광야에서 멸망하였음을 거울삼아라
악을 즐겨 하는 자 되지 말고
우상 숭배하는 자 되지 말고
음행하는 자 되지 말고
하나님을 시험하는 자 되지 말고
원망하는 자 되지 말자

승리자의 생활

"우리 주 예수 그리스도로 말미암아
우리에게 승리를 주시는 하나님께 감사하노니
그러므로 내 사랑하는 형제들아
견실하며 흔들리지 말고 항상 주의 일에 더욱 힘쓰는 자들이 되라
이는 너희 수고가 주 안에서 헛되지 않은 줄 앎이라"(고전15: 57-58)

이 썩을 것이 반드시 썩지 않을 것을 입겠고
이 죽을 것이 죽지 아니 함을 입으리로다(고전15: 53)
라고 한 바울은 그리스도로 말미암아 영생의 몸으로 변화될
승리자가 된 우리가 하여야 할 생활을 말하고 있다

하나님께 감사하라
이 승리는 사랑으로 주신 선물이다

견실한 생활을 하라
동요하지 말고 오직 하나님만 의지하라

항상 주의 일에 더욱 힘쓰는 생활을 하라
주 안에 헛되지 아니 한 줄을 알게 된다

나는 모르거니와 하나님은 아신다

"내가 그리스도 안에 있는 한 사람을 아노니
그는 십사 년 전에 셋째 하늘에 이끌려 간 자라
(그가 몸 안에 있었는지 몸 밖에 있었는지
나는 모르거니와 하나님은 아시느니라)" (고후12: 2)

우리가 하늘나라 가는 길에 대하여 아는 바 확실하니
모든 것을 다 알아야만 만족할 것은 아니다
바울도 그 모르는 일에 대하여
하나님이 아시는 것으로 만족하였다

바울은 이렇게 내세의 지식문제에 있어서
참의 근원이신 하나님으로 만족하니
자신에게 이루어진 일을 자신이 아는 것보다
하나님이 더 잘 아신다고 고백을 하고 있다

그러나 바울의 이 말로 하늘나라 형편을 말하였고
영혼을 중점적으로 말한 참된 인생관이요
몸을 떠난 영혼의 정상적 인격성을 일러주고 있도다

그리스도인의 자유와 사랑

"보라 나 바울은 너희에게 말하노니
너희가 만일 할례를 받으면
그리스도께서 너희에게 아무 유익이 없으리라"(갈5: 2)

갈라디아에 있는 그리스도인들아 단단히 알아두어라
너희 중에 누가 만일 구원의 공로로 할례를 받았다면
그는 그리스도를 완전한 구주로 믿지 않음과 같으므로
완전한 구주이신 그리스도와는 상관이 없게 될 것이다

할례를 받은 자는
율법 전체를 행하여 구원을 얻으려는 자이므로
선물로 구원을 주시려는 그리스도의 은혜를 포기한 자이다
진정한 구원을 얻는 소망은 율법이 주는 것 아니고
성령님이 이루어 주시는 선물이기 때문이다

그리스도의 은혜를 포기한 자는 율법에 매여 있으나
그리스도인은 율법의 멍에로부터 자유를 누리게 되며
그리스도인은 할례나 무할례와 상관없이
믿음으로 행동 속에 사랑이 묻어 나오도다

하나님을 본받는 생활

"그런즉(너희가 복음을 듣고 거듭 낫은 즉) 거짓을 버리고
각각 그 이웃과 더불어 참된 것을 말하라
우리가 서로 지체가 됨이라" (엡4: 25)

분을 내어도 죄짓지 말며 해가 지도록 분을 품지 말고
마귀에게 틈을 주지 말라

도둑질하는 자는 다시 도둑질하지 말고
돌이켜 가난한 자에게 구제할 수 있도록
자기 손으로 수고하여 선한 일을 하라

무릇 더러운 말은 너희 입 밖에도 내지 말고
오직 덕을 세우는 데 소용되는 대로 선한 말을 하여
듣는 자들에게 은혜를 끼치게 하라

하나님의 성령을 근심하게 하지 말라
그 안에서 너희가 구원의 날까지 인치심을 받았느니라

너희는 모든 악독과 노함과 분 냄과 떠드는 것과 비방하는 것을
모든 악과 함께 버리라

이것들을 생각하라

"끝으로 형제들아
무엇에든지 참되며 무엇에든지 경건하며
무엇에든지 옳으며 무엇에든지 정결하며
무엇에든지 사랑 받을 만하며
무엇에든지 칭찬 받을 만하며
무슨 덕이 있든지 무슨 기림이 있든지
이것들을 생각하라
너희는 내게 배우고 받고 듣고 본 바를 행하라
그리하면 평강의 하나님이 너희와 함께 계시리라" (빌4: 8-9)

사도 바울은 로마 감옥에 갇혀 있으며
빌립보에 사는 모든 성도와 감독들과 집사들에게
자신이 행한 아름다운 덕행들을 일일이 열거하여
이것들을 교회에 보여주었으니 귀하게 여기고
너희는 내게 배우고 받고 듣고 본 바를 행하면
평강을 주시는 하나님께서 너희와 함께 계시리라고
권면하고 있도다

위의 것을 찾으라

"그러므로 너희가 그리스도와 함께 다시 살리심을 받았으면
위의 것을 찾으라" (골3: 1)

너희가 세상의 규례와 이단들의 그릇됨을 따라 살다가
그리스도와 함께 죽었으므로
너희는 그리스도와 함께 다시 살리심을 받았으니
땅에 있는 것에 애착을 갖지 말고
부활 승천하셔서 하나님 우편에 앉으셔서 하나님과 함께 일하심을
바라보라
너희는 그리스도와 함께 죽어 너희 생명이 그리스도와 함께
하나님 안에 감추어졌다
우리의 생명이신 그리스도께서 재림하실 때에
우리의 유일한 소망인 영생이 그리스도와 함께하리로다

육신의 본능적인 죄 짓는 버릇을 억누르고
그리스도 안에서 새로운 피조물이 되어
그리스도의 성품을 따라
모든 일을 주의 영광을 위하여 살아갈 것이로다

주의 강림과 죽은 자들의 부활

"형제들아 자는 자들에 관하여는
너희가 알지 못함을 우리가 원하지 아니 하노니
이는 소망 없는 다른 이와 같이
슬퍼하지 않게 하려 함이라"(살전4: 13)

사도 바울은 데살로니가 교인들에게
성도들의 죽음을 절망적으로 여겨
슬퍼하는 일이 타당치 않음을 설명한다

그리스도께서 다시 오실 때에는
살아 있는 자도
죽은 자도 살아날 것이니라

성도들은 사람이 죽었다고 불신자들과 같이
슬퍼 애통해 하지 말고
주님 다시 오시는 날 살아 만날 것이라
위로할 것을 당부하고 있도다

게으름을 경계하다

"형제들아
우리 주 예수 그리스도의 이름으로 너희를 명하노니
게으르게 행하고 우리에게서 받은 전통대로 행하지 아니 하는
모든 형제에게서 떠나라" (살후3: 6)

데살로니가 교회 성도들 중에는
그리스도께서 곧 다시 오신다는
헛소문을 퍼뜨리고 다니면서

자신이 해야 할 일은 하지 않고
남의 일에 쓸데없이 참견하는
자들이 있었다

사도 바울은
이러한 자들에게 경계하고
자기 할 일에 충실하며
다시 오실 주님을 기다리라고 권하도다

기도에 대한 가르침

"그러므로 내가 첫째로 권하노니
모든 사람을 위하여 간구와 기도와 도고(禱告, 남들을 위하여 기도. 중
보의 기도)와 감사를 하되
임금들과 높은 지위에 있는 모든 사람을 위하여 하라
이는 우리가 모든 경건과 단정함으로
고요하고 평안한 생활을 하려 함이라"(딤전2: 1-2)

당시 유대인들만이 구원의 대상이 된다고 하는
이단들의 가르침이 있으므로
사도 바울은 빌립보에서 디모데에게
모든 사람을 위하여 기도할 것을 권고하고 있다

하나님은 모든 사람이 구원받기를 원하시며(딤전2: 4)
모든 사람을 위하여 기도하면 하나님이 기뻐하시니
그 사람의 원수라도 그와 더불어 화목하게 하시느니라(잠16: 7)
모든 사람을 위하여 기도하면 그들이 구원받을 수 있어
별과 같이 영원토록 빛나리라(단12: 3)

모든 사람을 위하여 기도하면
마음이 고요하고 평안한 생활을 하게 되고
여러 가지 환경까지 고요하게 진정되도다

네가 돌아서라

"너는 이것을 알라 말세에 고통 하는 때가 이르러
사람들이 자기를 사랑하며, 돈을 사랑하며,
자랑하며, 교만하며, 비방하며, 부모를 거역하며,
감사하지 아니 하며, 거룩하지 아니 하며, 무정하며,

원통함을 풀지 아니 하며, 모함하며, 절제하지 못하며,
사나우며, 선한 것을 좋아하지 아니 하며, 배신하며,
조급하며, 자만하며,

쾌락을 사랑하기를 하나님 사랑하기보다 더하며,
경건의 모양은 있으나 경건의 능력은 부인하니,
이 같은 자들에게서 네가 돌아서라" (딤후3: 1-5)

사도 바울은 로마 감옥에서 디모데에게
말세의 현상으로 나타날 고난의 필연성을 일러주며
사명자는 이에 개의치 말고 달려가라고 한다

거룩하지 아니 함은 하나님을 섬기지 않음이요
모함은 하나님 앞에 사람을 모함하는 마귀와 같음이요
경건의 모양은 있으나 능력을 부인함은 외식하는 자로다

모든 사람에게 나타낼 것을 기억하게 하라

"너는 그들로 하여금 통치자들과 권세 잡은 자들에게
복종하며 순종하며 모든 선한 일 행하기를 준비하게 하며
아무도 비방하지 말며 다투지 말며 관용하며 범사에 온유함을
모든 사람에게 나타낼 것을 기억하게 하라"(딛3: 1-2)

사도 바울은 믿음을 따라 참아들이 된
디도에게 목회하는 데에 당부하고 싶은 내용을 보낸 편지이다

그리스도인은 세상 정부에 대하여 원칙적으로 순종하고
모든 선한 일을 행할 준비를 하고 비방하거나 다투지 말고
모든 불신자들에게 관용의 자세를 가져야 한다고 권면한다

하나님의 자비와 사랑으로 은혜를 힘입어
우리가 영생의 소망을 따라 상속자가 되게 하심이요
우리로 하여금 선한 일을 힘쓰게 하려 하심이로다

너의 선한 일이 자의로 되게 함이라

"그를 내게 머물러 있게 하여 내 복음을 위하여 갇힌 중에서
네 대신 나를 섬기게 하고자 하나 다만 네 승낙이 없이는
내가 아무것도 하기를 원하지 아니 하노니
이는 너의 선한 일이 억지같이 되지 아니 하고
자의로 되게 하려 힘이라"(몬1. 13-14)

사도 바울은 골로새에 사는 빌레몬에게 전도하여 개종시킨 일이 있다
빌레몬은 두어 명의 종을 두고 그리스도인이 모일 수 있는 넓은 집을
가지고 부유하게 살면서 전도여행자들을 친절히 돌봐 주었다

오네시모는 빌레몬의 종으로 주인의 물건을 훔쳐 로마로 도망하여
로마에서 바울을 만나 그리스도인이 되었고 바울은 오네시모를
아들로 삼았다

사도 바울은 오네시모가 갇힌 나를 계속 섬기고자 하나
빌레몬 역시 나를 위하여 오네시모가 머물러 섬기라 하겠지만
그래도 선한 일이 자의로 되게 하려고 편지와 함께 보낸다고 한다

빌레몬, 오네시모, 사도 바울
세 송이 꽃은 아직도 아름답게 피어 있도다

영원하신 제사장

"제사장 된 그들의 수효가 많은 것은
죽음으로 말미암아 항상 있지 못함이로되
예수는 영원히 계시므로 그 제사장 직분도
갈리지 아니 하느니라
그러므로 자기를 힘입어 하나님께 나아가는 자들을
온전히 구원하실 수 있으니
이는 그가 항상 살아계셔서
그들을 위하여 간구하심이라" (히7: 23-25)

레위계통의 제사장은 그 재직자들의 죽음 때문에
계속 바뀌어 불안전하지만
제사장 되신 예수님은 영원히 살아 계시어
하나님 우편에서 사역하시므로
그 백성들에게 변함없이 생명의 은혜를 주신다

다만 이 위대한 제사장의 힘을 입어
하나님께 나아가려는 사람만이 끊임없는 축복을 받는다
예수님과 가까운 연합을 가지려면
영적으로 모든 것을 버리다시피 하면서
그 모든 것들에 대한 애착을 버리고
예수님만 믿어야 하도다

믿음으로 구하고 의심하지 말라

"오직 믿음으로 구하고 조금도 의심하지 말라
의심하는 자는 마치 바람에 밀려 요동하는 바다 물결 같으니
이런 사람은 무엇이든지 주께 얻기를 생각하지 말라
두 마음을 품어 모든 일에 정(定)함이 없는 자로다" (약1: 6-8)

기도는 하나님께서 약속하신 것을 구하는 것이므로
오로지 하나님께서 주실 줄을 믿음으로 구하고
믿는 마음은 있으나 과연 주실까 안 주실까 의심하지 말라

의심하는 사람은 바다 물결같이 마음이 안정되지 아니 하니
이런 사람은 하나님을 믿지 않는 죄를 범한 자이니
기도의 응답을 받을 생각조차 하지 말라

하나님이 주실까 아니 주실까
두 마음을 품은 사람은
모든 일을 행하는 것이 안정이 되지 아니 한 사람이로다

9

말씀을 들음

"내 사랑하는 형제들아 너희가 알지니
사람마다 듣기는 속히 하고
말하기는 더디 하며 성내기도 더디 하라
사람이 성내는 것이 하나님의 의를 이루지 못함이라
그리므로 모든 디리운 것과 넘치는 악을 내버리고
너희 영혼을 능히 구원할 바 마음에 심어진 말씀을
온유함으로 받으라" (약1: 19-21)

예수님의 동생이요 예루살렘 교회의 기둥 같은 야고보가
유대에 흩어져 있는 그리스도인들에게 당부하는 편지에
사람마다 복음을 들을 때에 재빠르게 들어 따르고
말을 할 때에는 앞뒤를 살펴 신중하게 할 것이며
분하여도 참아 분이 가라앉은 뒤에 성을 내어도 늦지 않다

성을 성급히 내는 것은 벌써 자기 정신에 혼란을 일으켜
하나님의 도우심만으로 실행될 수 있는 의로운 일을 그릇친다
그리므로 사람의 마음에서 입으로 나가는 악함을 내버리고
너희 영혼을 넉넉히 구원하실 복음을 들을 때
마음에 받아들여진 하나님의 말씀을 순종하며 받아들이라

그리스도인의 기쁨

"그러므로 너희가 이제 여러 가지 시험으로 말미암아 잠깐 근심하게
되지 않을 수 없으나 오히려 크게 기뻐하는도다"(벧전1: 6)

고기 잡는 어부 베드로가 예수님의 부르심을 받아 제자가 되었지만
주님의 십자가 고난 앞에서 제자임을 부인까지 하였으나
부활하신 주님의 지극한 사랑으로 기도하는 중에
성령님의 강림으로 모인 초대교회에
환난과 핍박이 닥쳐 로마, 바벨론으로 전도하며
소아시아에 흩어진 그리스도인들에게 편지로 당부하고 있다

너희 믿음의 확실함은
불로 연단하여도 닳아 없어질 금보다 더 귀하여
주님께서 재림하실 때에 칭찬과 영광과 존귀를 얻게 할 것이다
주님을 너희가 직접 보지는 못하였으나
너희를 사랑하고 계시도다
너희가 주님을 믿되 이 세상에서는 보려고 하지 말고 믿어
성령님의 감화로 즐거움으로 기뻐하게 되리니
주님을 믿음으로 영혼이 구원받음 때문이로다

신령한 젖을 사모하라

"그러므로 모든 악독과 모든 기만과 외식과 시기와
모든 비방하는 말을 버리고
갓난아이들같이 순전하고 신령한 젖을 사모하라
이는 그로 말미암아 너희로 구원에 이르도록 자라게 하려 함이라"

(벧전2: 1-2)

너희가 믿기 전에 남을 해하려는 모든 악한 일들을 버리고
아주 순진한 갓난아이가 젖을 찾듯이 하나님의 말씀을 사모하면
하나님의 말씀이 너희를 구원에 이르도록 하시리로다

말씀을 사모하는 일은
성경을 깨닫기 위하여 기도하는 일이요(시119: 125)
간절한 마음으로 말씀을 받고 날마다 성경을 상고함이요(행17: 11)
말씀을 지키려고 힘을 쓰는 일이다(약1: 25)

말씀을 젖 먹듯 찾음은
하나님과 교통교제로 영혼의 평안을 누리는 것이요(시116: 7)
너희를 구원에 이르게 하고(벧전2: 2)
너희가 주의 인자하심을 맛보게 됨이로다(벧전2: 3)

성경은 사사로이 풀 일 아니다

"먼저 알 것은 성경의 모든 예언은 사사로이 풀 것이 아니니
예언은 언제든지 사람의 뜻으로 낸 것이 아니요
오직 성령의 감동하심을 받은 사람들이
하나님께 받아 말씀하신 것임이라"(벧후1: 20-21)

예언을 각 사람이 자기의 뜻대로 해석을 하면 아니 되는 것은
선지자들이 그 예언하는 동안
성령님께서 계속 운반하여 주신 말씀이기 때문이다

그러므로 우리는 먼저 성경을 옳게 깨닫기 위하여 힘써 배워야 한다
성경 연구를 힘쓰므로 믿음의 확신을 얻을 뿐만 아니라
그 믿음을 계속 시킬 수 있다
성경도 성령의 감동으로 기록된 하나님의 말씀이기 때문이다

여호와께서 모세에게 이르시되 이것을 책에 기록하여
기념하게 하라(출17: 14)
모세가 여호와의 명령대로 그 노정을 따라
그들이 행한 것을 기록하다(민33: 2)
인자야 내가 너를 이스라엘 족속의 파수꾼으로 세웠으니
너는 내 입의 말을 듣고 나를 대신하여 그들을 깨우치라(겔3: 17)

거짓 선지자들과 거짓 선생들

"그러나 백성 가운데 또한 거짓 선지자들이 일어났었나니
이와 같이 너희 중에도 거짓 선생들이 있으리라
그들은 멸망하게 할 이단을 가만히 끌어들여
자기들을 사신 주를 부인하고 임박한 멸망을 스스로 취하는 자들이라"

(벧후 2:1)

그러나 백성들 가운데 또한 거짓 선지자들이 일어났었으니
이와 같이 너희 중에도 거짓 선생들이 있으리라
그들은 우리를 탈선의 길로 유혹하는 위험을 몰래 끌어들여
십자가의 보혈로 죄에서 구원하신 주님을 부인하고
임박한 자신들의 멸망을 스스로 부르는 자들이라

많은 사람들이 거짓 선지자들의 탐욕행위를 숨겨주려고
여러 가지로 간사스럽게 아첨을 부림으로
하나님의 도가 비방을 받을 것이요
거짓된 선지자들이
더 가지려는 불같은 마음으로 지어낸 말을 가지고
너희를 상품처럼 취급하며 사리사욕만을 위하여 덤벼드니
그들의 심판은 지체 없이 받아왔으니
거짓 선지자들과 거짓 선생들의 멸망은 제때에 정확히 지켜져
그들을 정확히 찾아올 대비를 하고 있도다

하나님은 빛이시라

"우리가 그에게서 듣고 너희에게 전하는 소식은 이것이니
곧 하나님은 빛이시라 그에게는 어둠이 조금도 없으시다는 것이니라"

(요일 1:5)

사도 요한은 그리스도에게서 듣고 너희에게 이 소식을 전한다고
모든 그리스도인들에게 편지를 보낸다
당시 헬라의 신들은 서로 질투하고 복수하고 미워하고 오욕칠정을
다 가진 신들이었으므로 이를 경계하려는 마음도 있었으리라

하나님은 선하시며 그에게는 악함이 조금도 없다
하나님은 회전하는 그림자도 없으며 빛으로 가득한 분이시고
하나님에게는 어떤 모양의 악도 불의도 죄도 그림자도 없다
하나님은 완벽히 선하시며 아름다우시며 거룩하신 분이시다

그러므로 우리가 어둠에 행하면 진리를 행하지 아니함이요
빛 가운데 행하면 예수 그리스도께서 모든 죄를 깨끗게 하시리라
빛 가운데 사는 것은 하나님의 성품에 합당한 삶을 사는 것이며
죄를 짓지 아니 하며 죄를 이기는 삶을 사는 것이로다

옛 계명과 새 계명

"사랑하는 자들아 내가 새 계명을 너희에게 쓰는 것이 아니라
너희가 처음부터 가진 옛 계명이니
이 옛 계명은 너희가 들은 바 말씀이거니와
다시 내가 너희에게 새 계명을 쓰노니 그에게와 너희에게도 참된 것이
라 이는 어둠이 지나가고 참 빛이 빌써 비침이니라" (요일2: 7-8)

사도 요한은 서로 사랑하라는 명령을 강조하면서
이는 하나님을 사랑하고 이웃을 사랑하라는 구약시대의 율법으로
새 계명이라기보다는 너희가 처음부터 믿은 바 있는 옛 계명이니
옛 계명은 하나님께서 사람들에게 사랑하라는 명령을 주었지만
사랑할 수 있는 능력을 주지 못하여 인간은 계명을 지키지 못하고
오히려 죄를 범하여 두려움과 염려로 어두움 속에 방황하였음을
너희도 아는 바거니와 다시 너희에게 새 계명을 쓰노니

하나님은 예수님으로 이 땅에 오서 친히 가르쳐 주셨고
예수님의 생애와 십자가의 사건을 통하여 사랑을 완성하시고
예수님이 우리의 죄를 용서하여 주시려고 돌아가셨다가 사흘 만에
부활해서 승천하여 하나님 우편에 앉아 계심을 믿는 자들에게
사랑을 할 수 있게 하여 주셨다
그러므로 옛 계명은 예수 그리스도 안에서 새 계명이 되어
두렵고 무서운 죄악이 지나가고 참빛이 비치도다

하나님의 영과 적그리스도의 영

"사랑하는 자들아 영을 다 믿지 말고
오직 영들이 하나님께 속하였나 분별하라
많은 거짓 선지자가 세상에 나왔음이라
이로써 너희가 하나님의 영을 알지니
곧 예수 그리스도께서 육체로 오신 것을 시인하는 영마다
하나님께 속한 것이요
예수를 시인하지 아니 하는 영마다 하나님께 속한 것이 아니니
이것이 곧 적그리스도의 영이니라" (요일4: 1-3)

예수님께서 사람의 성품을 입으신 것은
인류를 구원하시기 위한 하나님의 영원하신 계획대로 된 것인데
그 사실을 그대로 믿고 대중들 앞에서도 고백을 하는 사람은
하나님의 영에 속한 사람이고,
그것을 믿지 아니 하고
또 반대하는 사람은 적그리스도요
악령의 교훈을 따르는 사람이라

적그리스도의 영은 지금 벌써 세상에 있으나
너희는 하나님께 속하여 하나님의 말씀을 듣고
그들은 세상에 속한 고로 세상이 그들의 말을 듣느니라

진리와 사랑

"너희 자녀들 중에 우리가 아버지께 받은 계명대로 진리를 행하는
자를 내가 보니 심히 기쁘도다
부녀여 내가 이제 구하노니 서로 사랑하자
이는 새 계명같이 네게 쓰는 것이 아니요
처음부터 우리가 가진 깃이라"(요이1: 4-5)

성도 중에 서로 사랑하라는 계명대로 진리를 행하는 자가 있음을
알게 되어 아주 기쁘도다
성도여 서로 사랑하자 이는 새삼스러운 일이 아니고
믿는 형제들이 처음부터 가진 진리이다
사랑은 그 계명을 따라 행하는 것이요 계명도 그 가운데서 행함이다

너희는 스스로 삼가서 복음을 너희에게 전한 사도들의 수고가
헛되지 않도록 적그리스도를 멀리하여 오직 온전히 상을 받으라
그리스도의 교훈보다 자기가 더 앞선 듯이 설쳐
사도들을 통하여 알려주신 구원의 진리 안에 거하지 아니 하는 자는
다 하나님을 영적으로 모시지 못 하되
그리스도의 교훈을 지키는 사람은 그리스도를 모시는 사람이요
하나님 아버지를 모시는 사람이로다
그릇된 교훈과 타협하는 사람은
그 악한 일에 참여하는 사람이로다

영혼이 잘 됨같이 범사에 잘 되고 강건하기를

"사랑하는 자여 네 영혼이 잘 됨같이
네가 범사에 잘 되고 강건하기를 내가 간구하노라

형제들이 와서 네게 있는 진리를 증언하되
네가 진리 안에서 행한다 하니 내가 심히 기뻐하노라

내가 내 자녀들이 진리 안에서 행한다 함을 듣는 것보다
더 기쁜 일이 없도다"(요삼1: 2-3)

참으로 사랑하는 가이오여
네 영혼과 주님이 잘 어울림같이
네가 일상 하는 일들도 좋은 길이 열리고
물질의 풍요보다 영적으로 넉넉하기를 간절히 기도하노라

형제들이 내게 와서 너는 말씀대로 행한다 하는구나
네가 받은 복음대로 행한다 하니
나에게 이보다 더 기쁜 일이 없도다

내가 전도하여 믿는 자들이
받은 복음대로 사랑을 행함을 듣는 것보다
더 기쁜 일이 세상에 없도다

거짓 교사들의 모습

"이는 가만히 들어온 사람 몇이 있음이라
그들은 옛적부터 이 판결을 받기로 미리 기록된 자니
경건하지 아니 하여
우리 하나님의 은혜를 도리어 방탕한 것으로 바꾸고
홀로 하나이신 주재(主宰) 곧 우리 주
예수 그리스도를 부인하는 자니라" (유1: 4)

예루살렘 교회의 감독 야고보의 동생, 예수님의 동생 유다는
모든 그리스도인에게 거짓 교사의 모습을 자세히 설명하고 있다

그들은 꿈을 통하여 하나님의 계시를 받았다고 하지만
이성 없는 짐승 같은 본능으로 육신만 기른다
가인처럼 시기하고 미워하여 살인까지 저지르고
발람같이 탐심으로 하나님의 명령을 어기고
고라와 같이 당파를 지어 지도자를 거역한다

성찬식을 단순히 먹고 마시는 잔치로 여기며
잎이 마르고 뿌리까지 뽑힌 영적 죽은 자이다
진리의 광명을 등지고 흑암으로 떨어지는 별과 같은 자이며
주님을 거역하고 비방한 말 때문에도 정죄 받을 자이며
원망을 하며 불만을 토하며 정욕대로 행하며 아첨하는 자로다

주님 구름 타고 오시리라

"볼지어다 그가 구름 타고 오시리라
각 사람의 눈이 그를 보겠고 그를 찌른 자들도 볼 것이요
땅에 있는 모든 족속이 그로 말미암아 애곡하리니
그러하리라 아멘"(계1: 7)

사도 요한이 로마 왕 도미티아누스의 박해로
밧모 섬에 유배되어 어느 주의 날에
주의 성령에 감동되어 일곱 교회에 보내라는
명령을 받아 기록한
요한계시록에 있는 말씀이다

처음 오실 때에는 아무도 몰랐으나
다시 오시는 주님은 누구나 알아보게 오시리라
부활 승천하실 때처럼 신비의 구름 타고 오시리라

땅에 있는 모든 사람, 생각보다 일찍 닥친 심판의 날이라
주님을 믿지 아니 한 사람, 박해하든 사람, 잘못 믿은 사람들
회개하지 아니 함 뉘우치며 슬피 곡하리라

그리스도의 모습

"촛대 사이에 인자 같은 이가
발에 끌리는 옷을 입고 가슴에 금띠를 띠고
그의 머리와 털의 희기가 흰 양털 같고 눈 같으며
그의 눈은 불꽃 같고 그의 발은 풀무불에 단련한 빛난 주석 같고
그의 음성은 많은 물소리 같으며
그의 오른손에 일곱별이 있고
그의 입에서 좌우에 날선 검이 나오고
그 얼굴은 해가 힘있게 비치는 것 같더라" (계1: 13-16)

사도 요한이 밧모 섬에서 주의 날에 성령의 감동으로
나팔소리 같은 음성으로 두루마리를 써서 일곱 교회에 보내라는
음성을 알아보려고
돌이킬 때에 본 그리스도의 모습이다

촛대 사이에 인자 같은 이가 서계신데
대제사장의 옷을 입고 군왕의 띠를 띠고
머리와 머리털은 흰 양털 같고 눈은 불꽃같이 모르심 없어 보이고
발은 견고한 심판의 결단이고
오른손은 교회의 사역자들을 통하여 힘을 다해 일하시고
입은 사람의 마음과 혼과 뼈 속을 쪼개 날카롭게 판단하고
그의 얼굴은 하늘나라의 영광을 얻으신 이의 광채로다

재앙에 살아남은 자

"이 재앙에 죽지 않고 남은 사람들은
손으로 행한 일을 회개하지 아니 하고
오히려 여러 귀신과
또는 보거나 듣거나 다니거나 하지 못하는
금, 은, 동과 목석의 우상에게 절하고
또 그 살인과 복술과 음행과 도둑질을
회개하지 아니 하더라" (계9: 20-21)

다섯째 나팔과 여섯째 나팔 이 두 재앙은
세상 끝 날에 있을 극히 무서운 전쟁으로
사람들은 삼분의 일이 사망에 이르게 된다

자연계의 재앙, 불법의 만연과 파괴
마음의 공포와 절망감, 육신의 극심한 고통을
철저히 맛보고도 많은 사람들은 회개치 않는다

천벌이 내린 것을 보고
같은 죄를 범할까 경계하고
벌로 다스림을 받기 전에
은혜로 다스림을 받을 일이로다

땅에서의 전쟁

"용이 자기가 땅으로 내 쫓긴 것을 보고
남자를 낳은 여자를 박해하는지라
그 여자가 큰 독수리의 두 날개를 받아
광야 자기 곳으로 날아가 거기서
그 뱀의 낯을 피하여 한 때와 두 때와 반 때를 양육 받으매
여자의 뒤에서 뱀이 그 입으로 물을 강같이 토하여
여자를 물에 떠내려가게 하려 하되
땅이 여자를 도와 그 입을 벌려 용의 입에서 토한 강물을 삼키니
용이 여자에게 분노하여 돌아가니
그 여자의 남은 자손 곧 하나님의 계명을 지키며
예수의 증거를 가진 자들과 더불어 싸우려고
바다 모래 위에 서 있더라" (계12: 13-17)

땅으로 쫓겨난 사탄은 교회를 계속 공격한다
교회에 대한 세상의 박해는 사탄의 농간이나
하나님은 자기의 백성을 지극히 보호하시며
은혜의 두 날개로 품으시는도다
교회가 수난의 광야생활을 성령으로 함께하서
처소를 예비하시고 말씀의 만나로 양육하신다

마지막 수확

"또 내가 보니 흰 구름이 있고
구름 위에 인자와 같은 이가 앉으셨는데
그 머리에는 금 면류관이 있고
그 손에는 예리한 낫을 가졌더라

또 다른 천사가 성전으로부터 나와
구름 위에 앉은 이를 향하여
큰 음성으로 외쳐 이르되
당신의 낫을 휘둘러 거두소서

땅의 곡식이 다 익어
거둘 때가 이르렀음이니이다 하니
구름 위에 앉으신 이가 낫을 땅에 휘두르매
땅의 곡식이 거두어지니라" (계14: 14-16)

추수의 주인은 다시 오실 그리스도요
가시 면류관 대신 승리의 왕 금 면류관 쓰고
예리한 심판의 낫을 들고
이 세상 심판할 준비가 다 되었도다

하나님이 기뻐하시는 자

올바른 간구를 하는 자
누가 주의 이 많은 백성을 재판할 수 있사오리까
듣는 마음을 종에게 주사 주의 백성을 재판하여
선악을 분별하게 하옵소서
솔로몬이 이것을 구하매
그 말씀이 주의 마음에 든지라(왕상3: 9-10)

정직한 마음을 가진 자
나의 하나님이여 주께서 마음을 감찰하시고
정직을 기뻐하시는 줄을 내가 아나이다(대상29: 17)

하나님을 경외하고 그의 인자하심을 바라는 자
여호와는 자기를 경외하는 자들과
그의 인자하심을 바라는 자들을 기뻐하시는도다(시147: 11)

공평한 저울추를 사용하는 자
속이는 저울은 여호와께서 미워하시나
공평한 추는 그가 기뻐하시느니라(잠11: 1)

행위가 온전한 자
마음이 굽은 자는 여호와께 미움을 받아도
행위가 온전한 자는 그의 기뻐하심을 받느니라(잠11: 20)

정직한 기도를 하는 자
악인의 제사는 여호와께서 미워하셔도
정직한 자의 기도는 그가 기뻐하시느니라(잠15:8)

공의와 정의를 행하는 자
공의와 정의를 행하는 것은 제사를 드리는 것보다
여호와께서 기쁘게 여기시느니라(잠21: 3)

참된 금식을 하는 자
내가 기뻐하는 금식은 흉악의 결박을 풀어주며
멍에의 줄을 끌러주며 압제 당하는 자를 자유하게 하며
모든 멍에를 꺾는 것이 아니겠느냐(사58: 6)

악인이 돌이켜 그 길에서 떠나 사는 자
주 여호와의 말씀이니라
내가 어찌 악인이 죽는 것을 조금인들 기뻐하랴
그가 돌이켜 그 길에서 떠나 사는 것을
어찌 기뻐하지 아니 하겠느냐(겔18: 23, 33:11)

여호와를 바르게 아는 자
명철하여 나를 아는 것과 나 여호와는 사랑과 정의와 공의로
땅에 행하는 자인 줄 깨닫는 것이라
나는 이 일을 기뻐하노라(렘9: 24)

송홍만 제22시집

이 말씀 내 마음에 와 닿는구나

·

지은이 / 송홍만
발행인 / 김영란
발행처 / **한누리미디어**
디자인 / 지선숙

08303, 서울시 구로구 구로중앙로18길 40, 2층(구로동)
전화 / (02)379-4514
Fax / (02)379-4516
E-mail/hannury2003@hanmail.net

·

신고번호 / 제 25100-2016-000025호
신고연월일 / 2016. 4. 11
등록일 / 1993. 11. 4

·

초판발행일 / 2018년 10월 1일

·

ⓒ 2018 송홍만 Printed in KOREA

·

값 12,000원

※잘못된 책은 바꿔드립니다.
※저자와의 협약으로 인지는 생략합니다.

ISBN 978-89-7969-783-4 03810